Sicap
Maribel de Cuba

Sicap

Maribel de Cuba

Biografischer Erotik-Roman nach wahren Begebenheiten
über eine sehr schnelle und sehr kurze bi-nationale Ehe
mit viel Nachdenklichem, Amüsantem und Süffisantem.

Bibliografische Information der Deutschen Bibliothek: Die Deutsche Bibliothek verzeichnet diese Publikation in der Deutschen Nationalbibliografie; detaillierte bibliografische Daten sind im Internet über http://dnb.ddb.de *abrufbar.*

© 2007, Herausgeberin und Gestaltung: *SICaP* INC., Belize
Email: sicap-publications@hotmail.com

Herstellung und Verlag:
Books on Demand GmbH, Norderstedt
ISBN 978 383 349 630 1

Inhalt

Prolog .... Seite   7

Ein sehr kurzes Happyend .... Seite   8

Typisch Latina .... Seite   11

Die Vorgeschichte .... Seite   13

Armin passt genau ins Konzept .... Seite   19

Auf ein Neues .... Seite   29

Pikant, pikant .... Seite   39

Die Frage aller Fragen .... Seite   42

Das gemeinsame Leben beginnt .... Seite   46

Immer für eine Überraschung gut .... Seite   52

Hochzeitsreise nach Dänemark .... Seite   61

Der wichtigste Tag im Leben,
        für Armin einer von mehreren wichtigen ..... Seite   71

Grenzenlose Bewunderung .... Seite   89

Der Ehealltag .... Seite 102

Entscheidung zwischen zwei Frauen .... Seite 104

Eine ganz natürliche Entscheidung .... Seite 131

¡Viva México! .... Seite 138

Epilog .... Seite 141

Erkenntnisse eines Todeskandidaten - oder auch: ..... Seite 144
        Gerechtigkeit für Maribel und andere Latinas!

Prolog

Als ich die Unterlagen meines verstorbenen Vaters erhielt, wurde ich zuallererst und besonders heftig angezogen von seinen schriftlichen und elektronischen Aufzeichnungen zu diversen seiner geplanten Publikationen-Projekte. Mit Fug und Recht als sein Lebenswerk bezeichnet werden darf wohl sein über 400 Seiten starker autobiografischer Roman **Kurier nach Mexiko**. Dessen letztes Kapitel zu schreiben wurde mir zur traurigen Pflicht. Denn Vater war es nur noch vergönnt, die Überschrift - er hatte sich in froher Erwartung für *Happyend* entschieden - in seinen Laptop zu tippen. Da er dies unmittelbar vor seinem Flug nach Mexiko zu seiner *Großen Liebe* getan haben muss, hatte er in froher Erwartung und großer Sehnsucht dieses sein scheinbar bevorstehendes größte Glück des Lebens in der hoffnungsvollen Überschrift ausgedrückt. Es wurde jedoch ein nur sehr kurz währendes Happyend; denn noch während der leidenschaftlichen Umarmung mit seiner Liebsten bei der Begrüßung am Flughafen versagte Vaters Herz den weiteren Dienst.

Von etwas, aber auch nicht sehr viel längerer Dauer war Vaters letzte Ehe. Da er auch dieser in seinem zitierten Roman ein wichtiges Kapitel widmete, fand ich in seinen umfangreichen schriftlichen Vorbereitungen so viel Material, dass ich beschloss, daraus diesen eigenständigen besonderen Episoden-Roman zu verfassen. Zunächst lasse ich das letzte Kapitel aus Vaters Roman folgen. Für den Fall, dass Sie seinen Gesamtroman lesen möchten, was gewiss sehr lohnend ist, gebe ich hier die Buchdaten bekannt:

© 2007, Herausgeberin und Gestaltung: *SICaP* INC., Belize
Email: sicap-publications@hotmail.com
Herstellung und Verlag:
Books on Demand GmbH, Norderstedt
ISBN 9783837011173
428 Seiten DIN-A 5, Paperback, Preis ∈ 27,50
Über Onlineshops und im örtlichen Buchhandel erhältlich.

Ein sehr kurzes Happyend

Letztes nicht mehr geschriebenes Kapitel und sogleich der Übergang zum vom Sohn des Autors verfassten

Epilog aus: *Kurier nach Mexiko*

Sie werden gleich verstehen, weshalb das letzte Kapitel dieses biografischen Romans von mir als einem eingesprungenen Ersatzautor geschrieben wird.

Armin, mein Vater, der unbewusst ein Leben lang auf der Suche nach seiner Traumfrau war, bis er sie im Alter von 50 Jahren endlich kennen lernte, der über die Jahre unendliches Leid erfuhr, zu dem auch ich leider mit beitrug, der vor gewaltigen Abgründen stand und doch immer wieder den Absturz verhinderte, zuletzt sogar den Krebs besiegte und schließlich auch noch den Kampf gegen die Bürokratie bestand, befand sich nach rund zwei Jahren der ihnen jüngst zwangsweise abverlangten Trennung endlich auf dem Weg zu seiner Liebsten. Kurz vor seinem Abflug in Deutschland und Beendigung seines Romans hatte er noch die Überschrift des wohl als letztes vorgesehenen Kapitels 'Happyend' in seinen Laptop eingegeben. Sicher, sich ganz kurz vor dem größten und wichtigsten Ziel seines gewiss sehr aktionsreichen Lebens zu befinden, wollte er dieses letzte Kapitel in Mexiko schreiben. Dieses Vorhaben kann er nun nicht mehr umsetzen; denn mein Vater ist tot. Daher muss ich das Schlusswort übernehmen, welches nun leider auch zu einem Nachruf auf meinen Vater wird.

Er hätte es so gewollt! Man kennt diese in solchen Situationen so gern getroffene Feststellung ja zur Genüge. Aber auch mir bleibt nichts weiter übrig, als genau diese ach so abgedroschenen fünf Worte zu zitieren. Mehr als sieben Jahre lang durchschritt mein Vater die größten Höhen und gewaltigsten Tiefen dieses Lebens und schrieb er mit viel Herzblut diesen dicken Roman. Glauben Sie etwa, es könnte ihm recht sein, wenn man diesen nun, etwa aus falsch verstandener oder interpretierter Pietät, einfach so in der Versenkung verschwinden ließe? Nie und nimmer! Er hatte sich auch für mich stark gemacht, um mir den Weg zum Schriftsteller zu ebnen. Daher sehe ich es jetzt als meine Pflicht an, den von meinem Vater eingeschlagenen Weg weiter zu gehen; deshalb auch diesen seinen Roman zu beenden und verdammt noch mal erfolgreich zu veröffentlichen. Sicher wird er von einer 'höheren Warte aus' alles verfolgen und umso zufriedener sein, je höhere Verkaufszahlen zu erreichen mir als seinem 'Nachfolger' vergönnt sein wird. Noch sind meine Spanisch-Kenntnisse etwas zu mäßig, doch verspreche ich:

Harte und intensive Sprachtrainings werde ich ab sofort absolvieren und, sobald ich dazu in der Lage bin, eine Übersetzung seines Romans ins Spanische vornehmen, um diesen den von ihm so geliebten Mexikanern und ganz besonders auch Celis Familie und Freunden nahe zu bringen. Diese Übersetzung sehe ich als meine Pflicht an, weshalb ich sie niemand anderem überlassen werde. Allein schon, weil ich mich wohl am besten, viel besser als jeder andere Übersetzer, in meinen Vater, sein Denken, Fühlen und Streben hinein versetzen und ihn so authentisch auch in einer fremden Sprache interpretieren kann.

Dem Wunsch meines Vaters entsprechend, aus welchem Grund auch immer er dies so entschieden haben mag, soll sein Roman weder unter seinem noch unter meinem Namen erscheinen, sondern unter Pseudonym.

Was war geschehen?

Armins Herz hatte sich immer in einem makellosen Zustand befunden und durch ständige sportliche Betätigungen sehr viel Gutes erfahren. Dennoch war es bei der im Anschluss an seine Krebs-Operation vorsorglich aufgenommenen Chemotherapie zu ernsthaften Problemen mit dem Herzen gekommen. Nach Auskünften der Ärzte seien diese zwar wieder abgeklungen und hätte kein Grund mehr zur Besorgnis vorgelegen - doch scheinen Zweifel an dieser Version nicht unangebracht. Natürlich setzte die gesamte Situation, besonders die in der Zeit nach der Operation, als das Heimweh nach Celi immer größer wurde, ihm arg zu, was sich gewiss auch in Richtung eines 'gebrochenen Herzens' ausgewirkt haben muss. Jedenfalls verspürte Armin, wie er einer Mitreisenden lächelnd gestand, nach der Landung in Mexiko City, wo ihn Celi in der Ankunftshalle erwartete, großes Herzklopfen, welches sich umso stärker bemerkbar machte, je näher der Zeitpunkt des herbei gesehnten Wiedersehens rückte.

Dann war es so weit. Armin erblickte Celi, ließ den Koffer aus der Hand gleiten, stürmte auf sie zu, umarmte sie heiß - und schrie auf vor Schmerzen, sank in sich zusammen und verlor das Bewusstsein. Die eilends herbei gerufene Rettung von *'cruz rocha'* brachte ihn zur Flughafen-Ambulanz, wo der Arzt nur noch den Tod nach einem offensichtlichen Herzinfarkt feststellen konnte. Die Belastungen, Entbehrungen und Aufregungen waren zu viel gewesen, Armins Herz hatte dies alles nicht mehr verkraftet.

Celi war, als ihr die schlimme Nachricht überbracht wurde, wie von Sinnen, verfiel in einen Schreikrampf und brauchte lange, bis sie sich wieder halbwegs beruhigte. Immer ruhiger wurde sie dann, melancholischer, schließlich wieder klar denkend. Von einem Taxifahrer ließ sie sich nach Hause bringen. Mutter und Geschwister waren alle außer Haus, so dass sie in aller Ruhe ihre letzte Verrichtung erledigen konnte. Zwei noch volle Packungen mit Schlaftabletten fand sie im Nachtschränkchen ihrer Mutter, die sie mit Hilfe eines großen Glases Wasser alle nacheinander hinunter schluckte. Dann legte sie Armins und ihre Lieblings-CD *'Sayry'* von *'Inka spirit'* in den Player, drehte die Lautstärke herunter, stellte Ihr Lieblingsbild mit Armin vor sich auf den Tisch, faltete die Hände zu einem stummen Gebet - und wurde so, ganz friedlich sitzend eingeschlafen, Stunden später von ihrer Mutter vorgefunden. Sie hatte sich auf den Weg zu ihrem geliebten Armin gemacht. Das Paar war nun endlich vereint.

Ende des Epilogs, der hier zum Prolog wurde.

Typisch Latina

'Was ist denn hier los?', wunderte sich Armin, als er den Verkaufs- und Kassenraum der Tankstelle betrat, um zu bezahlen, 'hier wird ja noch viel heftiger palavert als in Mexiko.' Und schon war ihm alles klar: Eine kleine, nicht mal einssechzig große Morena, diskutierte leidenschaftlich, wild gestikulierend und sehr, sehr lautstark mit dem Kassierer über .....: Kuba - ganz offensichtlich ihre Heimatinsel. Immer wieder benutzte sie dabei auch spanische Ausdrücke, wenn sie in ihrer Erregung nicht gleich das deutsche Wort fand. Nachdem Armin schon eine ganze Weile geduldig wartete, ein Ende der heißen Diskussion jedoch noch nicht in Sicht schien, fragte er höflich: "Entschuldigung, aber dürfte ich mal kurz unterbrechen, um zu bezahlen?" Während der Kassierer ihm seinen Rechnungsbetrag nannte, meinte die kleine Morena im Selbstgespräch: "Alemanes, nunca vez tienen tiempo *(Deutsche, nie haben sie Zeit)*", woraufhin Armin zur Überraschung der Kubanerin antwortete: "Perdon, señora, en America Latina tengo tiempo - pero aqui en Alemania es tiempo dinero." Verdutzt gab der Kassierer von sich: "Schade, nun hatten wir uns so schön auf Deutsch unterhalten, und jetzt verstehe ich kein Wort mehr." Daraufhin schlug Armin vor: "Unsere Gesprächspartnerin spricht ja so gut deutsch, dass ich denke, wir sollten eine weitere gemeinsame Unterredung in unserer Sprache führen. Dann können sie auch weiter munter mitmischen." Und schon waren die drei in einer ebenfalls sehr angeregten Unterhaltung.

Fast wie aus einem Munde wandten sich sowohl die kubanische Tankstellenkundin wie auch der Kassierer an Armin, woher er seine augenscheinlich sehr guten Spanisch-Kenntnisse wohl habe. Nun hatte Armin, seine Kuriertour war zu Ende und nach dem Tanken wollte er sich auf den Heimweg begeben, selbst alle Zeit dieser Welt, geschmeichelt von dem ihm entgegen gebrachten Interesse und keineswegs abgeneigt, etwas aus seinem mitunter abenteuerlichen Leben zu erzählen und dabei seine Begeisterung für Mexiko und die Mexikaner auszudrücken. Mehrmals wurde die lebhafte Unterhaltung zu dritt von zahlenden Tankstellen-Kunden unterbrochen. Nach etwa einer halben Stunde meinte der Kassierer, dies alles sei äußerst interessant gewesen. Doch nun müsse er sich so langsam doch wieder um seinen Laden kümmern, insbesondere hätte er noch ein paar Regale aufzufüllen. Armin meinte zur Kubanerin, er möchte sich gern mit ihr noch etwas über Kuba unterhalten, wo er bislang noch nicht gewesen sei, was ihn nicht wenig interessiere, nachdem Castros Zeit ja nun wohl aus biologischen Gründen doch so langsam ablaufen müsse und sich die Verhältnisse dort ja durchaus auch bald etwas ändern könnten - ob sie Lust hätte, mit ihm bei Mac Donalds gegenüber noch einen Kaffee zu trinken und die Unterredung dabei noch etwas fortzuführen.

Die Vorgeschichte

Kurz vor der Jahrtausendwende. Armin, ein fünfzigjähriger Journalist, Weltenbummler und zumindest scherzhaft so genannter Lebenskünstler, wurde gerade zum dritten Mal geschieden. Einige Monate zuvor hatte er über ein befreundetes deutsch-mexikanisches Paar Amelia, eine junge und attraktive mexikanische Witwe, kennen gelernt, von der er sich sehr angezogen fühlte und mit der er sich eine gemeinsame Zukunft gut vorstellen konnte. Um jedoch keinen vierten Reinfall zu erleben, sollte die geplante Partnerschaft diesmal vor einem definitiven Umsetzen in die Realität in aller Ruhe angegangen und im realen Leben gründlich getestet werden. Dazu beabsichtigte Armin, über mehrere Monate die Partnerschaft in Mexiko, dem vorgesehenen künftigen gemeinsamen Domizil, zusammen mit seiner Flamme Amelia praktisch zu leben. Bevor er sich jedoch nach Mexiko begeben konnte, hatte er in Deutschland noch eine sehr schmerzliche Phase zu durchlaufen - und dabei handelte es sich nicht um seine dritte Scheidung.

Dominik, Armins gerade ins Erwachsenenalter eingetretener Sohn, startete sein Erwachsenendasein im Untersuchungs-Gefängnis. Er als noch sehr junger und leicht manipulierbarer Mensch, von seinem Vater seit seinem vierten Lebensjahr allein erzogen und die fehlende Mutter, welche keinerlei Kontakt mit ihm hielt, doch stark vermissend, war über falsche Freunde in Kontakt zur Russenmafia und auf die schiefe Bahn geraten. Dies in Deutschlands wildem Osten, wo das Gericht ein Exempel statuierte, sehr viel gnadenloser zuschlug als Westgerichte in vergleichbaren Fällen und den jungen Dominik zu einer fünfeinhalbjährigen Freiheitsstrafe verurteilte. Da dieser im Ermittlungsverfahren und im Prozess gegen die Mafia aussagte, wurde er auf deren Abschussliste gesetzt - und der enge Kontakt zum Vater ließ auch diesen ins Visier der Mafia geraten, die ihn bis nach Mexiko verfolgen sollte.

Trotz aller Probleme letztlich doch in Mexiko angekommen, erlebte Armin mit seiner Amelia zunächst eine sehr leidenschaftliche wie auch emotional betonte Beziehung, um nach wenigen Wochen jedoch mehr und mehr zu der Einsicht zu gelangen, dass sie im Wesen doch viel zu sehr verschieden waren, um eine lebenslänglich glückliche Partnerschaft führen zu können. Übereinstimmend kamen sie zu dem Schluss, die Partnerschaft nicht weiter anzustreben, aber gute Freunde zu sein und bleiben zu wollen.

Als Armin wieder einmal nach einer heftigen Diskussion mit seiner Freundin Amelia gedankenversunken durch das sehr lebhafte Stadtzentrum schlenderte, rempelte er in seiner Unaufmerksamkeit eine wunderschöne Mexikanerin an, bei der er sich in höchster Peinlichkeit zuerst verbal in aller Form und anschließend mit einer Einladung zum Kaffee für sein Missgeschick entschuldigte - nicht ahnend, dass aus dieser neuen Bekanntschaft eine dicke Freundschaft erwachsen würde, die für beide sehr schnell zur wahrhaftig ganz *Großen Liebe* reift, auf die, wenn überhaupt, man nur einmal im Leben trifft und die auch im Gegensatz zu Armins bisherigen Partnerschaften nie wieder erlöschen sollte.

Später, sehr spät erst, fast zu spät, sollte Armin erfahren, dass er im Leben Celis, dieser unbeschreiblich sympathischen und außergewöhnlich schönen Mexikanerin, tatsächlich der erste wichtige Mann war. Keiner hatte zuvor ihren Ansprüchen genügt, weshalb sie noch nie eine Beziehung eingegangen war und auch noch kein sexuelles Verhältnis mit einem Mann hatte. Von dieser netten, scheinbar aber nicht sehr gewichtigen 'Kleinigkeit' abgesehen, verstanden sich die beiden perfekt und entwickelte sich ihre Beziehung langsam und sensibel, aber kontinuierlich Schritt für Schritt. Nach wenigen Wochen war Armin für Celi der wichtigste Mann in ihrem Leben geworden - und er war sich sicher, dass sie garantiert die letzte Frau in seinem Leben sei. Und selbstverständlich auch die wichtigste, ja die einzige wirklich wichtige. Und weil ihm rundum alles perfekt erschien, war er sich absolut sicher ohne auch nur den geringsten Zweifel: Er wollte Celi oder keine, würde sie für immer lieben und stets alles für sie tun. Mit ihr wollte er seine letzte Hochzeit feiern.

Weil Armin seiner Lebenserfahrung, seinen Gefühlen und auch Celi absolut vertraute, war sein Verhalten stets ohne die geringste Unsicherheit und konsequent. Für Celi, bislang eingefleischtes Single ohne jegliche Erfahrung in Sachen Partnerschaft und stets nur das Alleinleben gewohnt, bedeutete die Beziehung mit Armin an sich schon eine völlige Umstellung ihres vertrauten Lebens, was bei einem Menschen von Mitte vierzig prinzipiell eine gewisse Gewöhnungszeit erfordert. Zwar vertraute auch sie ihrem Armin, doch hatte sie drei vorhergehende Ehen bei ihm zu verarbeiten - und das zudem bei ihrer konservativ-katholischen Erziehung und bisherigen Lebensweise. Armin war durchaus bewusst, dass dies alles für seine geliebte Celi nicht einfach sei und dass er mit viel Geduld auf den Vollzug der Umstellungen in ihrem Leben warten müsse. Zu dieser Zeit noch nicht in den Sinn gekommen wäre ihm allerdings die von seiner unverrückbar konsequenten Haltung ausgehende Gefahr. Bei Celi addierte sich dieser Umstand zu den ohnehin schon vorhandenen nicht geringen Problemen; und mit der Summe aller Probleme war sie überfordert. Als sie Armin um Zeit bat, verstand der die Gründe nur ungenügend, empfand ihre Bitten als Unsicherheit und verspürte eine steigende Angst, seine wunderbare Traumfrau, diesen Engel in Menschengestalt, wieder zu verlieren. Er glaubte sich richtig zu verhalten, wenn auch diese deprimierende Angst keinerlei Zweifel an Celi und der *Großen Liebe* aufkommen ließ und bei ihm zu einer nicht abgeschwächten, eher noch konsequenteren Haltung führte. Und diese löste bei Celi ein Gefühl von Manipulation aus und ließ sie eine regelrechte Panik empfinden, wenngleich sie sich auch die größte Mühe gab, innerlich gegen diese unguten Gefühle anzukämpfen. Sie selbst suchte nach Erklärungen drüber, was da in ihr vorging, und verstand sich selbst nicht. Wie sollte sie da ihr zutiefst besorgter Armin verstehen? Zumal die bislang zusammen verbrachte Zeit noch recht knapp war - viel zu knapp auch für einen besonders sensiblen Menschen zum vollständigen Verstehen eines nicht kleinen Problems.

Erst Jahre später wurde Armin in aller Konsequenz bewusst, dass er seiner *Großen Liebe* hätte viel mehr Zeit einräumen müssen, sich auf die Partnerschaft und die eigentlich von beiden gewünschte Hochzeit einzustellen - und verstand er auch die Panik, in die er Celi mit seiner Konsequenz versetzte, als sie ihn für zwei Monate in Deutschland besuchte - und ihre plötzliche und heimliche Flucht zur Verkürzung des unerträglich werdenden Trennungsschmerzes über eine Vorverlegung ihres Rückflugtermins. Geduldig erfüllte er damals ihren in einem Abschiedsbrief geäußerten Wunsch 'gib mir Zeit' und betäubte sich mit Arbeit buchstäblich rund um die Uhr. Etwa ein Jahr später hatte er immer noch nichts von seiner Celi gehört. Ein Brief an sie war ohne Antwort geblieben. Anrufen wollte er sie nicht, um sie nicht erneut unter Druck zu setzen, denn er hatte mittlerweile viel gelernt und war auch dabei, diesen außergewöhnlichen Menschen und seine Probleme zu verstehen. Obwohl er emotional immer näher an einen Abgrund geriet, musste er sein Arbeitspensum auf ein Normalmaß reduzieren, weil er seinem Körper viel zu viel zugemutet hatte und an die Grenze des Machbaren geraten war. Dadurch war die bis dahin ganz leidlich funktionierende Ablenkung vorüber und verblieb ihm viel zu viel Zeit für viel zu intensives Nachgrübeln, trübe und trübste Gedanken - und er drohte unweigerlich in den Abgrund zu stürzen, aus dem es dann sicherlich kein Entrinnen mehr gäbe.

Von Celis Seite aus tat sich absolut nichts. Mit jedem neuen Tag wurde Armin ein Stückchen klarer, dass er sie wohl verloren hatte, verspürte er einen größeren Sog des Abgrundes, vor dem er stand. Betäuben mittels Arbeit funktionierte nicht mehr, auch andere Ablenkungsversuche zeigten keine Wirkung. Besonders am arbeitsfreien Wochenende zog sich Armin vollständig in seine Gedankenwelt zurück, wobei er zwar zunehmend schwächer, aber immer noch recht deutlich über Möglichkeiten nachsann, dem drohenden Absturz irgendwie zu entgehen. Noch hatten ihn Selbsterhaltungstrieb und Lebensmut nicht verlassen. An einem Sommerwochenende, Armin hatte bei einem seiner vielen Streifzüge durch die Natur einen Hochsitz erklommen und dort wieder einmal eine stundenlange Denkorgie begonnen, kam er zu dem Schluss, dass in seinem Fall die Zeit keine Wunden heile und es jetzt für ihn nur noch ein Mittel geben könne, einer Alkoholiker-karriere oder gar noch Schlimmerem zu entgehen: Eine neue Partnerschaft! Zwar war ihm dieser Gedanke nicht völlig neu, hatte er bereits ein paar Monate zuvor versucht, sich mit der Idee einer erneuten Paarung anzufreunden - woraufhin er per Zeitungs-inserat Kontakt zu einer jungen Mulattin aus Ghana aufnahm, als es ernst zu werden drohte, jedoch einen Rückzieher hinlegte, weil es ihm noch viel zu früh für eine neue Bindung schien. Doch war mittlerweile wieder viel zusätzliche Zeit vergangen, insgesamt bereits deutlich mehr als ein Jahr seit dem letzten Kontakt mit Celi - und so war Armin durchaus der Meinung, dass eine sach-lich motivierte Partnerschaft nun eigentlich langsam möglich sein müsse.

Natürlich würde er nie wieder im Leben eine tief emotionalbe-tonte Partnerschaft führen können und insofern Celi durchaus die letzte Frau in seinem Leben sein und auch bleiben. Doch was sei gegen eine sachlich motivierte Partnerschaft einzuwenden, wenn dies auf beiden Seiten so sei und die Partner ehrlich zueinander wären? Er jedenfalls ginge, wenn eine solche Partnerschaft denn überhaupt gelänge, diese lediglich aus Therapiezwecken ein. Sympathie sollte schon vorliegen, weil man ohne wohl kaum ständig mit einem Menschen zusammen sein kann wie auch der angestrebte Therapieerfolg nicht einsetzt. Aber kann nicht auch Sympathie eine gute Basis für eine Partnerschaft sein? Immerhin war er ja bereits drei Mal verheiratet, wobei nie wirkliche Liebe vorlag. Denn deren Bedeutung kannte er ja erst, seit er tiefe Ge-fühle für Celi entwickelt hatte und so vergleichen konnte. Und handelte es sich mithin bei allem zuvor nicht auch lediglich um Sympathie? Eine Sympathie, eventuell noch in Verbindung mit Leidenschaft, die man mangels Vergleichsmöglichkeiten für Lie-be hält oder dafür ausgibt?

An einem Sonntag fasste Armin den Entschluss, sich schnellst-möglich wieder zu paaren. Mit wem, das war eigentlich nachran-gig. Nur schnell sollte es der Fall sein. Denn er fühlte sich schlecht, sehr schlecht und immer schlechter. Am darauffolgen-den Mittwoch lernte er an einer Tankstelle eine Kubanerin ken-nen.

Armin passt genau ins Konzept

"So, bevor wir weiter erzählen, wird's nun aber erst einmal Zeit, dass wir uns einander vorstellen", begann Armin die Unterhaltung, nachdem er mit zwei Kaffeebechern am Tisch Platz genommen hatte, wohin sich seine Begleiterin direkt nach dem Betreten des Fast-Food-Restaurants begeben hatte, "ich heiße Armin." "Richtig, und ich Vera", stimmte die Kubanerin zu, um dann gleich auf ihr Ziel zuzusteuern mit der Frage: "Bist du eigentlich verheiratet, vielleicht sogar mit einer sexy Mexikanerin?" Der überraschte Armin schüttelte spontan den Kopf, musste jedoch vor einer verbalen Antwort erst etwas nachdenken. Sollte er von seiner Großen Liebe und der scheußlichen emotionalen Situation erzählen, in der er sich befand, seit er Celi abschreiben musste? Deshalb schob er zunächst eine Gegenfrage vor: "Weshalb interessiert dich das? So wie ich mitbekam, bist du doch mit einem Deutschen verheiratet?" "Oh, ich möchte keine Missverständnisse entstehen lassen, will auch gleich vollkommen offen sein; was du sicherlich magst, so wie ich dich einschätze. Klar bin ich verheiratet. Und an eine Scheidung oder Trennung denke ich ebenso wenig wie an ein Abenteuer. Trotzdem interessiert mich dein Familienstand brennend. Denn du bist ein sehr netter Bursche. Ich habe gerade Besuch von meiner Schwester Maribel aus Kuba. Sie ist alleinstehend, Deutschland gefällt ihr und ich habe auch schon mal mit ihr über die Möglichkeit gesprochen, einen Deutschen zu heiraten und vielleicht gleich hier zu bleiben. Deshalb mein Interesse an dir als Mann. War ich zu schnell und zu direkt?" "Nun, etwas schnell und sehr direkt schon - aber nach meinem Empfinden keineswegs zu schnell und zu direkt. Ich mag es, wenn man nicht lange um den heißen Brei herum redet. Deshalb entschloss ich mich nach anfänglichen Bedenken nun recht spontan, auch dir meine Situation in aller Offenheit und mit der gebotenen Ausführlichkeit darzulegen."

Damit begann Armin, seine unglücklich verlaufende kurze Beziehung mit Celi so detailliert zu erzählen, dass Vera seine Motive einer alternativen Partnerschaft und seinen gerade vor ein paar Tagen, genau am letzten Wochenende, gefassten diesbezüglichen Entschluss zu verstehen und vielleicht sogar zu akzeptieren. Er schloss mit der Feststellung: "Ganz nüchtern betrachtet, handelt es sich aus meiner Sicht durchaus um einen fairen Deal, falls deine Schwester und ich ein näheres Kennenlernen anstreben. Sie möchte gern in Deutschland bleiben und braucht dazu einen hiesigen Mann zum Heiraten - und ich möchte endlich den Verlust von Celi verwinden, wozu ich eine neue Partnerin brauche, weil es sonst nicht gelingen kann. Und wenn wir derart ehrlich beginnen und gut miteinander klarkommen, können wir durchaus eine faire und tragfähige Basis haben zum Aufbau einer vernünftigen Ehe, die im Laufe der Zeit sicher auch glücklich werden kann. Warum nicht? Also ich teile dein Interesse prinzipiell schon. Aber ich glaube, wir werden nun doch noch etwas länger zusammen sitzen. Wie wär's, wenn wir erst einmal etwas essen?"

Während Armin nach einer kurzen Absprache sich zur Theke begab, um das Essen und neue Getränke zu besorgen, rief Vera über ihr Handy zu Hause an, um von ihrer interessanten Begegnung zu berichten und sich für ihre verspätete Rückkehr zu entschuldigen. Ihr Mann hatte keine Einwände und rief Maribel spaßeshalber zu: "Deine Schwester lernt gerade einen Mann für dich kennen!" Dann wurde der Abend doch nicht mehr so lange wie zunächst vermutet, denn Vera machte ziemlich schnell den Vorschlag: "Ich möchte euch beide herzlich gern miteinander bekannt machen, mich jedoch nicht als Kupplerin betätigen. Deshalb finde ich, dass du alles Weitere mit Maribel besprechen solltest. Ich werde ihr von dir erzählen, was ich heute erfahren habe, und sie dann bitten, dir ein ausführliches Email zu schreiben; denn schließlich soll sie auch 'was für ihr Glück tun. Morgen, nachdem du ihren Brief gelesen hast, kannst du ihr dann ein Antwort-Mail schicken, um sie anschließend, wenn du Lust hast, anzurufen. Alles Weitere wird sich dann ergeben oder auch nicht, das ist dann eure Sache. Wie denkst du über meinen Vorschlag?"

20

Armin fand den Vorschlag prima - gespannt wollte er das ange-
kündigte Email am kommenden Tag gegen Mittag im Internet-
Café abholen und sogleich beantworten. Mit "tal vez eres mi cu-
ñado futuro" (vielleicht bist du mein künftiger Schwager) und
einer oberflächlichen Umarmung verabschiedete sich Vera zu
leicht vorgerückter Stunde von Armin. Dennoch würde sich Maribel noch an diesem Abend an ihr einleitendes Email machen,
wie Armin später an Tag und Uhrzeit des Eingangs, kurz nach
Mitternacht, ersähe.

Da Armin sich bereits vor geraumer Zeit auf einen Umzug
nach Mexiko einstellte und diesem Vorhaben entsprechend
schrittweise und konsequent den Abbruch der Zelte in Deutschland vollzog und zudem in jüngerer Zeit kaum noch zu Hause
war, hatte er schon geraume Zeit keinen Festnetz-Anschluss
mehr, womit ihm auch der direkte Internet-Zugang fehlte. Deshalb erledigte er seine elektronische Korrespondenz prinzipiell in
Internet-Cafés.

Zuallererst äußerte Maribel in ihrem Mail ihre Freude darüber,
mit Armin in ihrer Sprache kommunizieren zu können. Sie habe
zwar schon den einen oder anderen deutschen Mann kennen gelernt, doch sei eine Unterhaltung unter vier Augen in keinem Fall
möglich gewesen und eine solche im Beisein von Schwester oder
Schwager ja keine Dauerlösung. Wie solle jemals der Aufbau
einer Beziehung möglich sein, wenn man nicht miteinander reden
könne? Sie sei übrigens auf Einladung ihrer Schwester und ihres
Schwagers hier, die auch ihren Flug bezahlt und sich gegenüber
der Ausländerbehörde für ihren Lebensunterhalt verbürgt hätten.

Ja - Deutschland gefalle ihr sehr gut; am liebsten möchte sie
gleich hier bleiben, allerdings nur, wenn sie mehrmals im Jahr zu
zumindest kurzen Besuchen nach Hause fliegen könne. Denn -
das wolle sie gleich am Anfang mitteilen, um spätere Enttäuschungen zu vermeiden - sie sei zwar noch nie verheiratet gewesen, habe aber einen vierzehnjährigen Sohn, der während ihrer
Abwesenheit sich unter der Obhut ihrer Mutter befände. Sie sei
übrigens 39 Jahre alt, doch würde ihr immer wieder gesagt, sie

sehe deutlich jünger aus. Ein Bild von sich würde ihr Schwager dem Email anhängen. Sie selbst könne den Computer wie eine Schreibmaschine benutzen, was auf ihre langjährige Tätigkeit als Buchhalterin bei einem kubanischen Energieversorgungs-Unternehmen zurückzuführen sei; darüber hinaus kenne sie sich jedoch im Umgang mit dem Computer nicht aus. Sie schloss ihr Mail in der Hoffnung, Armin nicht zu enttäuschen und in den nächsten Stunden seinen Anruf zu erhalten.

Armin gefiel die Sachlichkeit und Ehrlichkeit ohne Gesülze. Etwas bedenklich stimmte ihn die Erwartung eines jährlich mehrmaligen Fluges nach Kuba. War Maribel etwa der Ansicht, die Deutschen seien alle so wohlhabend, dass ihnen solche Kosten nichts ausmachten? Aber vielleicht kannte sie ja auch die relativ günstigen Möglichkeiten, mit Last-Minute-Tickets nach Kuba zu fliegen; Armin jedenfalls wusste, dass solche Flüge mit der LTU schon um die 400 Euro möglich waren - immerhin nur etwa halb so teuer wie ein Linienflug nach Mexiko. Aber auch bei diesen Preisen fragte sich Armin, ob man bereits in einem ersten Brief eine solche Erwartung ausdrücken solle ohne zu fürchten, so leicht als etwas unverschämt angesehen zu werden. Denn ihm war klar und Maribel musste klar sein, dass die vielen Mitbringsel, die bei solchen Besuchen der Familie als absolut üblich, ja unumgänglich anzusehen seien, die reinen Flugkosten leicht erheblich übersteigen. Wenigstens aber hatte sie nicht davon geschrieben, darüber hinaus auch laufende finanzielle Unterstützungen für ihre Familie daheim leisten zu wollen. So war Armin der Meinung, dass durchaus eine Basis zum näheren Kennenlernen vorläge, was er auch in seinem Antwortmail klar zum Ausdruck brachte. Noch einmal wies er auch deutlich darauf hin, bislang schier unüberwindliche Probleme zu haben, die Frau seines Lebens und einmalige Große Liebe, die er vor zwei Jahren in Mexiko kennen gelernt habe und mit der trotz profunder Gefühle und allerbestem Verstehen eine Partnerschaft einfach nicht möglich war, zu vergessen. Er sei zu der Erkenntnis gelangt, dass ihm eine Überwindung dieser außerordentlichen Liebe nur an der Seite

22

einer neuen Partnerin und mit deren Verständnis, Geduld und Unterstützung möglich sei. Dann reagierte er auf das Geständnis eines Sohnes damit, dass er selbst ja schließlich auch aus zweiter Ehe einen um ein paar Jahre älteren Sohn habe, um den er sich seit dessen viertem Lebensjahr allein kümmere - und dass der ihm zurzeit große Sorgen bereite, weil er schon seit fast drei Jahren im Gefängnis säße und mit seiner Entlassung frühestens im kommenden Jahr rechnen könne.

Armin schloss sein Mail mit der Frage, ob Maribel die sicherlich nicht geringen Belastungen auf sich nehmen wolle, die garantiert auf sie zukämen, bis er seine über alles geliebte mexikanische Celi und die wundervolle Zeit mit ihr zumindest so weit vergessen oder überwunden habe, dass es nicht mehr weh täte. Die Antwort wolle er sich dann am Nachmittag telefonisch holen; bis dahin möge Maribel bitte sehr intensiv über seine Worte nachdenken. Bevor er das Mail absandte, brachte er noch einen Nachtrag an über den Hinweis, sich schon deutlich besser zu fühlen, seit sich ihm die Chance auftat, eine sicher sehr nette und zudem äußerst attraktive potentielle neue Partnerin kennen lernen zu dürfen - dass diese neue Perspektive sich sehr positiv auf sein seelisches Befinden auswirke und daher zur Überwindung der aktuellen Situation vielleicht gar nicht so viel Zeit erforderlich wäre.

Erleichtert und erwartungsfroh verließ Armin das Internet-Café, um sich in einem benachbarten Bistro bei mehreren Tassen Kaffee und vielen genüsslich zu rauchenden Pfeifen seinen durchaus sehr positiven Gedanken hinzugeben, anschließend bedächtig und nachdenklich durch die Fußgängerzone zu schlendern und schließlich gemütlich nach Hause zu fahren. Die folgenden Stunden vergingen sehr, sehr langsam. Gegen sechzehn Uhr war Armin der Meinung, Maribel habe nun genügend Bedenkzeit gehabt. Er wählte die von der Schwester erhaltene Nummer, hatte zunächst diese und dann endlich Maribel am anderen Ende der Leitung am Telefon.

Enttäuscht oder abgeschreckt sei sie keineswegs, ließ sie ihn direkt wissen - und dass sie mit ihm verständnisvoll und geduldig sein müsse, sei ihr durchaus klar. Daraufhin ließ Armin sie wissen, sich den heutigen Tag frei genommen und auch am Abend keine Verpflichtungen mehr zu haben. Wenn sie einverstanden sei, würde er gleich losfahren, um sie in etwa einer Stunde abzuholen und sich in einem netten Lokal in ihrer Nähe ungestört näher mit ihr bekannt zu machen. Maribel war beigeistert und natürlich einverstanden. Die Fahrzeit würde zwar nur etwa eine halbe Stunde betragen, doch hatte Armin noch Besorgungen zu tätigen. Zunächst fuhr er zum nahe gelegenen Supermarkt, um im zugehörigen Blumenladen einen dicken Strauß roter Rosen für Maribel sowie einen hübschen Strauß aus gemischten Blumen für die Schwester in Auftrag zu geben und währenddessen im Markt eine Flasche guten Weines für den Schwager einzukaufen. Dann begab er sich auf den Weg zu seiner vielleicht neuen Flamme. Dort angekommen, erlebte er zunächst einen kleinen Schock.

Vera öffnete nach dem Klingeln die Tür - in Arbeitsklamotten, auch nicht annähernd so schick, wie Armin sie am Vorabend kennen lernte. Nach einer kurzen Umarmung, Entpackung des Vera zugedachten Blumenstraußes und Übergabe an diese führte sie ihn ins Wohnzimmer, wo eine zwar gewiss hübsche, aber ganz und gar nicht attraktive Mulattin aus der angrenzenden Küche geschlendert kam und am Esstisch stehen blieb. "Meine Schwester Maribel" - nach dieser knappen Vorstellung durch Vera schritt Armin auf Maribel zu, umarmte auch sie mit den Worten "ich bin Armin" wickelte die Rosen aus und überreichte den Strauß an seine Verabredung, um anschließend dem Schwager, der Armin mit den Worten "ich bin Harry" die Hand entgegen streckte, die Weinflasche zu übergeben, woraufhin der spontan meinte: "Die können wir doch gleich mal zusammen köpfen." Während Harry in der Küche nach dem Korkenzieher suchte und die Weingläser auftrug, Vera nach zwei passenden Blumenvasen suchte, nahmen Maribel und Armin schweigend am Esstisch Platz. Armin hatte Maribels Aufmachung etwas die Sprache verschlagen: Trainingsanzug, Hausschuhe, ungeschminkt, das Haar etwas zerflattert, am Hinterkopf in einem eher hässlichen Knoten zusammen gesteckt - eben in voller Arbeitsmontur und so, als hätte gerade mal ein Nachbar überraschend auf ein kleines Schwätzchen herein geschaut. So also macht man sich bereit zu einem ersten Treffen mit einem Mann, mit dem man möglicherweise eine Partnerschaft anstrebt? So wichtig ist einem ein solches erstes Treffen? So wertschätzt man einen wichtigen Besucher, der sich so viel Mühe gab und keine Kosten scheute, seinerseits eine hohe Wertschätzung auszudrücken und sich kultiviert mit einem Minimum an Etikette vorzustellen, deshalb auch wie selbstverständlich im Anzug auftrat und sich sogar, dem Anlass entsprechend, eine Krawatte umgebunden hatte? Dass Armin in diesem Haus und von dieser Familie keine Kultur erwarten durfte, war ihm sofort klar. 'Aber was soll's', dachte er sich, 'wenn sie wenigsten einigermaßen mit Messer und Gabel essen kann, kann ich ihr ja alles Weitere, was fehlt, schrittweise beibringen - wenn es nach dem heutigen Abend überhaupt weiter geht.' Euphorisch sah er dem weiteren Verlauf nun keineswegs entgegen; doch sollte sich diese nicht unbedingt positive Stimmung auch rasch wieder ändern.

Das Gespräch zu viert, welches sich hauptsächlich um Kuba drehte und bei dem Armin seine Aufgeschlossenheit gegenüber dieser größten und gewiss sehr reizvollen Karibikinsel sowie seine regionale Unfixiertheit und sein generelles Interesse auch an Kuba ausdrückte, verlief locker und ungezwungen - und eigentlich auch ganz nett. Besonders angenehm überrascht war Armin über die nun immer wieder ungezwungen lächelnde und augenscheinlich doch recht gut gelaunte Maribel, nachdem sie bei der Begrüßung noch keine Mine verzogen hatte. Er war nun durchaus interessiert, diese ihm von Minute zu Minute sympathischer werdende Frau möglichst rasch näher kennen zu lernen und schlug vor, mit ihr gemeinsam loszuziehen, ein nettes Lokal aufzusuchen, dort zu essen und dann lange, sehr lange miteinander zu reden, sich gegenseitig möglichst viel über das bisherige Leben, die Interessen und Erwartungen an das weitere Leben und auch sonst alles zu erzählen, was man irgendwie für wichtig hielte. Maribel war sofort einverstanden, bat Armin, ihr etwas Zeit zu geben und verschwand im Bad, nach etwa einer halben Stunde auf ihrem Zimmer, wo sie eine weitere halbe Stunde brauchte, um sich ausgehfertig zu machen. 'Schön und angebracht wäre es gewesen, wenn sie dies alles vor meinem Besuch erledigt und mich in einem attraktiven Outfit empfangen hätte', dachte sich Armin, um dann aber dieses Detail nicht überzubewerten und ihm keine weitere Bedeutung beizumessen. So ganz ohne, wie es der erste Eindruck vermittelt hatte, war sie ja ganz offensichtlich nicht. Insbesondere hatte er bei ihr eine sehr zurückhaltende Art registriert - ganz im Gegensatz zur Schwester - , und dies erschien ihm wichtiger als eine Etikette, über die man ja ohnehin unterschiedlicher Meinung sein konnte. Während Maribel mit der Körperpflege und ihrem Outfit beschäftigt war, ging ihre Schwester der unterbrochenen Hausarbeit nach, so dass Armin sich etwa eine Stunde lang sehr intensiv mit dem Schwager unterhielt, der auf ihn ebenfalls einen bescheidenen und zurückhaltenden Eindruck machte. Wer in diesem Haus ganz offensichtlich die Hosen anhatte, wurde ihm sehr schnell bewusst - und eigentlich fand er, dass dieser nette Mann und seine äußerst dominante Frau überhaupt nicht zusammen passten.

Die äußerst unterschiedlichen Persönlichkeiten der beiden Schwestern erklärte Harry damit, dass sie lediglich Halbschwestern seien, woraus sich auch die unterschiedliche Optik ergäbe. Dies hatte Armin ohnehin vermutet; denn die eine, Maribel, war eine relativ dunkelhäutige Mulattin, während die andere, Vera, fast weißhäutig war, nur mit einem leicht dunkelhäutigen Einschlag, eine Morena. Maribels Sohn hingegen, Jorge, von dem Maribel natürlich sofort einige Fotos präsentierte, hatte die gleiche Hautfarbe wie die Mutter.

An Kuba faszinierte Harry besonders, dass die Flüge bei etwas zeitlicher Flexibilität über LTU, besonders bei Last Minute, äußerst preiswert zu ergattern waren, wobei der geringe Aufwand auch ganz leicht wieder hereinzuholen war: über den kleinen privaten Handel mit den berühmten und begehrten Havanna-Zigarren. Mit ein paar Beziehungen, über die Harry verfügte und die er bei künftigem Bedarf gern an Armin weitergeben wolle, könne man diese vor Ort in der erforderlichen Spitzenqualität sehr günstig einkaufen - und in Deutschland sei die Nachfrage nach solchen 'Privatimporten' deutlich höher als die auf solche Weise machbaren Quantitäten. Aufpassen müsse man lediglich beim Einkauf, weil windige Straßenhändler ein Riesengeschäft damit machten, Touristen mit minderwertiger Ware zum weit überhöhten Preis das Fell über die Ohren zu ziehen, so dass die Ware dann in Deutschland nicht mit Gewinn, auch nicht mit einem ganz kleinen, abzusetzen sei. Er jedenfalls kenne die Tricks und sei stets sehr bedachtsam, so dass er selbst mit Frau und Kind unter'm Strich jeweils zum Nulltarif nach Kuba fliege. Das wisse auch Maribel, weshalb Armin sie bitte nicht als unverschämt ansehen möge ob ihrer Erwartung, mehrmals im Jahr nach Kuba zu fliegen. Armin war über diese Erklärung sehr erleichtert.

Schließlich, nach Ablauf etwa einer Stunde, während der sich die beiden Männer sehr angeregt unterhielten und Armin auch überhaupt keine Langeweile verspürte, kam Maribel fertig gestylt aus ihrem Zimmer - und Armin verschlug es fast den Atem. Vor ihm stand eine wahre Schönheit, toll, aber geschmackvoll geschminkt in einem sie sehr schlank erscheinen lassenden beige-farbenen Hosenanzug - ganz im Gegensatz zum Trainingsanzug zuvor, in welchem sie eher etwas kompakter gewirkt hatte - über weißer Bluse und in Stöckelschuhen, die sie nun zu ihm in gleiche Höhe brachten; dazu mit Goldkettchen um den Hals, das unter offener Bluse auf ihrer dunklen Haut sich sehr reizvoll ausmachte. Der schlampige Empfang war nun vergessen. Mit dieser Frau an seiner Seite würde man ihn gewiss rundum beneiden. Also von der Optik her war in diesen Minuten bereits eine klare Entscheidung *pro Maribel* gefallen. Viel attraktiver kann eine Frau nicht mehr sein. Nun fiel es Armin auch nicht mehr schwer, im weiteren Umgang mit dieser Schönheit viel Etikette walten zu lassen. Dass er ihr beim Einsteigen ins Auto die Tür aufhielt, war für ihn eine Selbstverständlichkeit und sollte es auch in Zukunft ausnahmslos bleiben. Mit nicht wenig Stolz in der Brust chauffierte er seine neue Eroberung in die nahe gelegene Kleinstadt. Er fühlte einen guten Anfang und die berechtigte Hoffnung, mit einer neuen Partnerin namens Maribel die Trennung von Celi endlich zu überwinden und in ein neues Leben mit guter Perspektive zu starten. Zwar musste er auch an diesem Abend ständig an Celi denken, mit der er Maribel ungewollt, aber zwanghaft immer wieder verglich mit eindeutigem Ergebnis *pro Celi* - doch hatte der Schmerz bereits deutlich abgenommen, was er als gutes Zeichen für die Zukunft ansah.

Auf ein Neues

Harry hatte Armin ein Lokal genannt, wo man an warmen A-benden wie dem heutigen auf der geräumigen Terrasse Platz nehmen und bei einer sehr umfangreichen Speisenkarte gut und preiswert essen könne - zudem gäbe es dort das von Armin eindeutig bevorzugte Bitburger. An einem kleinen Einzeltisch für zwei Personen nahm das Paar Platz. Nach einem Blick in die Speisenkarte entschied sich Armin für ein Fischgericht. Maribel brauchte die Karte nicht und bat Armin ohne Überlegen, für sie ein Rindersteak mit Pommes und dazu Cola mit Rum zu bestellen; das sei ihre Standardkombination, die immer passe. Als Armin sie verwundert fragte, ob sie sich denn überhaupt nicht dafür interessiere, was es hier denn ansonsten noch Gutes gäbe, gab sie ihm eine Erklärung, die zwar überzeugte, ihn aber dennoch etwas überraschte: Auf Kuba seien die Menschen, auch ihre Familie, sehr arm. Die Ernährung dort bestünde aus einigen wenigen Standard-Zutaten wie Bohnen, Reis und Mais und nur selten mit Fleischbeilagen, die dann aber meist aus Bezahlbarem wie Huhn oder Fisch bestünden. Das teure Rindfleisch käme nur in wenigen Ausnahmefällen mal auf den Teller. Und die Menschen, auch sie, hätten nun mal einen besonderen Heißhunger auf das, was sie üblicherweise nicht bekämen, eben auf *carne de res*. Armins Einwand der nicht gerade gesunden Ernährung, wenn regelmäßig genossen, über die fetthaltigen Pommes und das überzuckerte Cola, machten auf Maribel keinen Eindruck. Auf Kuba denke man über so was nicht nach. Doch Armin dachte nach: Wenn Maribel glaubte, bei einem eventuell alsbaldigen Zusammenleben ihm ständig diesen Standardfraß auftischen zu können, sähe er gewaltige Probleme auf sie zukommen. Natürlich aß auch er Rindfleisch. Hin und wieder mal. Ebenso wie Pommes. Aber ständig, täglich oder fast täglich? Nein, eine ausgewogene Ernährung mit Fleisch lediglich als Beilage würde er sich nicht abgewöhnen - und wenn er sich Maribels Figur in ein paar Jahren vorstellte, wenn die ihre Essgewohnheiten beibehielte .....

Schon während des Essens wollte Maribel mehr über Armins Sohn erfahren. Armin erklärte ihr, dass der, Dominik, im Prinzip schon ein starker junger Mann sei und auch charakterlich absolut in Ordnung, jedoch einen entscheidenden Fehler habe, nämlich sehr leicht zu beeinflussen und gar zu manipulieren wäre. So sei es zu erklären, dass Dominik vor etwa drei Jahren an falsche Freunde und über diese auf die schiefe Bahn geriet und im Gefängnis landete. Mindestens ein Jahr müsse er dort noch verbringen, dann könne er vorzeitig entlassen werden. Besonders hart getroffen hätte es Armin, dass Dominik vor ein paar Wochen den Kontakt zu ihm einstellte, einen Brief mit dem Hinweis *Annahme verweigert* zurückgehen und ihm bei einem Anruf in der JVA erklären ließ, weitere Besuche des Vaters seien unerwünscht, weil beider Lebensplanungen nicht miteinander harmonierten. Armin, der mit seinem Sohn immer das beste Verhältnis hatte, in dem es auch jüngst keinerlei Probleme oder Spannungen gegeben hatte, fand nur eine Erklärung für das ansonsten nicht erklärbare Verhalten: Dominiks Mutter, die zwanzig Jahre lang nicht nach ihrem Sohn gefragt und auch keinerlei Kontakt zu ihm hatte, musste irgendwie seinen aktuellen Aufenthaltsort erfahren und dann doch Kontakt zu ihm aufgenommen haben. Während des mehrjährigen Scheidungsverfahren schon hatte sie seinerzeit jede Gelegenheit benutzt, das Kind als Waffe gegen den Vater einzusetzen - so vermutlich auch jetzt. Sie muss Dominik eingeredet haben, der Vater mit seinen fehlgeschlagenen Erziehungsversuchen sei Schuld an Dominiks Schicksal und aktuellem Aufenthalt, weshalb er für die Zukunft nur eine Chance haben könne, wenn er den Kontakt zum Vater abbricht. Sie hatte Dominik manipuliert - und der war ihr auf den Leim gegangen. Dessen war sich Armin sicher, eine andere Erklärung gab es nicht.

Besonders schlimm sei für ihn der Zeitpunkt dieses Kontaktabbruches gewesen: just in dem Moment, wo auch die erhoffte Partnerschaft mit Celi endgültig abzuschreiben war. Zur selben Zeit habe Armin die beiden ihm am meisten bedeutenden Menschen verloren, weshalb er schließlich auch derart heftig aus der Bahn geworfen wurde und in seiner Verzweiflung keine andere Mög-

30

lichkeit mehr sah, als schnellstens eine alternative Partnerschaft anzustreben, um der deprimierenden Situation zu entkommen.

Maribel wurde bei diesen Erklärungen sehr nachdenklich, fasste nach Armins Hand und versuchte ihn mit den Worten zu trösten: "Aber Dominik ist noch sehr jung und befindet sich zudem in einer Ausnahmesituation. Sicher wird er seine Haltung auch wieder ändern. Wenn er nicht auf dich zukommt, solltest du nach einiger Zeit wieder einen Kontaktversuch unternehmen. So wie du euer Verhältnis schilderst, kann ich mir nicht vorstellen, dass du deinen Sohn endgültig abschreiben musst. Kopf hoch, das wird schon wieder." Und Armin fühlte, dass Maribel sehr verständnisvoll und sensibel sein musste, weshalb er sich über das Optische hinaus zunehmend von ihr angezogen fühlte. So begann er, zärtlich ihre Hand zu streicheln, dann den Arm und die Wangen. Die Zärtlichkeiten wurden erwidert und intensiver, rasch folgten Küsse und ein innigliches Schmusen - und schließlich Maribels angenehmen Worte: "Du bist ein sehr zärtlichkeitsbedürftiger Mann und stehst im Kontrast zu den meisten Kubanern mit ihrem machohaften Verhalten. Das mag ich besonders an dir. Ich habe das Gefühl, dass aus uns beiden etwas werden kann. Und wenn ich mich nicht irre, bin ich wohl sogar auf dem Weg, mich in dich zu verlieben." Dies waren sehr überraschende Worte für Armin, doch berührten sie ihn sehr angenehm. Der Abend wurde lang - und sehr, sehr schön für das sich wohl gerade gefundene neue Paar.

Armin hatte bemerkt, dass Maribels Zigarettenschachtel schon eine ganze Weile leer war und sie keinerlei Anstalten machte, sich neue zu besorgen. Deshalb fragte er sie, ob sie Lust zum Rauchen hätte. "Schon", meinte sie, "aber ich habe kein Geld. Meine Schwester und mein Schwager zahlten meine Reisekosten und verpflegen mich hier. Ich kann von ihnen nicht erwarten, dass sie mich auch noch mit Taschengeld ausstatten. Ab und an erhalte ich mal eine Packung Zigaretten, die ich mir dann einteilen muss. Und sind sie alle, rauche ich eben nicht, bis es wieder Nachschub

gibt." "Dann muss ich wohl davon ausgehen, dass in deiner Geldbörse absolute Leere herrscht?" - fragte Armin besorgt, woraufhin
Maribel die Börse aus ihrer Handtasche nahm, öffnete und um-
drehte und kein einziger Cent heraus fiel. "Das geht natürlich
nicht, du kannst nicht gänzlich ohne Geld sein", reagierte Armin,
um einen 50-Euro-Schein aus seiner Brieftasche zu nehmen und
in Maribels Geldbörse zu stecken mit den Worten: "Dies ist zur
Sicherheit, damit du nie ohne bist. Es ist nicht für Einkäufe generell gedacht außer mal für eine Schachtel Zigaretten, wenn du
keine mehr hast, aber Lust zum Rauchen. Brauchst du darüber
hinaus etwas, werden wir das gemeinsam einkaufen und nicht von
deinem kleinen Taschengeld bezahlen; denn ich denke doch, dass
wir uns von nun an so ziemlich täglich sehen werden." Maribel
war sehr beeindruckt und erfreut über Armins Reaktion und Worte. Der wollte nicht nur Zärtlichkeiten mit ihr, sondern war bereits
an diesem ersten Tag sehr besorgt um sie. So wünschte sie sich
einen Partner.

Als Armin Maribel weit nach Mitternacht nach Hause brachte,
griff er in das Handschuhfach, zog ein zweites Handy hervor und
übergab es Maribel mit den Worten: "Dies war Celis Handy. Heute benutze ich es als Ersatzgerät für alle Fälle. Es ist frisch aufge-
laden mit einem Guthaben von 30 Euro. Darauf angewiesen bin
ich nicht. Deshalb nimm es bitte. Es handelt sich um dasselbe
Netz wie bei dem von mir benutzten Handy. Netzintern können
wir recht günstig miteinander telefonieren. Ich werde dich ab
sofort also direkt über dein Handy anrufen und nicht mehr über
den Anschluss deiner Schwester. Und wenn du Sehrsucht nach
mir hast - kein Problem, die Kosten halten sich in akzeptablen
Grenzen." Stolz nahm Maribel ihr nun eigenes Telefon entgegen.
Wieder hatte sie einen Beweis mehr, wie ernst es Armin mit ihr
war. Sicher würden sie bereits morgen darüber reden, wann sie
bei ihm einziehen wolle. Die Entwicklung verlief eindeutig in
eine klare Richtung. Sie war mehr als zufrieden.

Nach ein paar Stunden Schlaf würde Armin in Trier mit dem LKW ein paar Lieferfahrten zu besorgen haben. Seinen bis vor Kurzem inne gehabten Job als Wachmann nachts in der Bundeswehrkaserne hatte er vor ein paar Wochen aufgeben müssen, weil er mit dem zusätzlichen Fulltimejob tagsüber als LKW-Fahrer und noch gelegentlichen Fahrten für eine andere Firma an seinen freien Tagen nahezu täglich und buchstäblich rund um die Uhr im Einsatz und so auf Dauer körperlich erheblich überfordert war. Um die dringend erforderliche körperliche Regeneration rasch zu bewältigen, hatte er mit seinem LKW-Ganztagsjob-Chef vereinbart, auch dort deutlich kürzer zu treten und nur noch ausnahmsweise einzuspringen, wenn Not am Mann sei so wie morgen. Hauptberuflich war Armin zu dieser Zeit arbeitslos mit einem monatlichen Arbeitslosengeld von etwas über 700 Euro. Da er sehr zurückgezogen und bescheiden lebte, allein auch keinerlei Interessen nachging, konnte er rund die Hälfte der monatlichen Stütze sogar noch sparen. Zudem hatte er mit seinen zwei Fulltime-Jobs - anders als allgemein im Wachgewerbe zahlte die Bundeswehr nicht schlecht - und dem Nebenjob in der Vergangenheit klotzig verdient, ebenso wenig zum Leben gebraucht und daher ansehnliche Rücklagen gebildet. Finanzielle Sorgen kannte er nicht. Aber es war ihm klar, dass die Rücklagen nun so langsam angeknabbert werden müssten bei der sich anbahnenden Entwicklung mit Maribel. Die täglichen Restaurants-Essen würden gewiss nur von kurzer Dauer sein, weil Maribel wohl schon in einigen Tagen bei ihm einzöge. Doch damit würden sich die Kosten für den Lebensunterhalt auf einen Schlag verdoppeln. Kurzfristig gäbe es sicherlich auch jede Menge notwendiger Anschaffungen für Maribel. Und sollte es tatsächlich zur Hochzeit kommen, würden auch dafür nicht unerhebliche Aufwendungen anfallen.

Diese und ähnliche sachliche Gedanken gingen Armin auf der Heimfahrt durch den Kopf. Es war ihm klar, dass eine Entscheidung nicht lange hinauszuschieben sei. Denn Maribel befand sich schon fast zwei Monate in Deutschland. Ihr Visum war auf drei Monate ausgestellt und konnte nicht verlängert werden. In ein paar Wochen müsse sie unabdingbar nach Kuba zurück fliegen, wenn nicht ..... Aber so rasch eine Frau heiraten, die er erst vor ein paar Stunden kennen gelernt hatte? Sehr wohl fühlte er sich bei dieser Vorstellung nicht, wenngleich er sich auch in Maribels Gesellschaft sehr gut fühlte. Aber konnte es eine Lösung sein, wenn Maribel erst mal wieder nach Hause flöge und man das Weitere dann in kleinen angemessenen Schritten anginge? Kuba gehörte zu den visumspflichtigen Ländern, anders als Mexiko. Deutschlandbesuche von Angehörigen dieser Staaten erforderten immer einen erheblichen bürokratischen Aufwand. Bei Kuba gab es noch zusätzliche Probleme. Denn hier musste nicht nur Deutschland eine Einreise- und Aufenthaltsgenehmigung erteilen, sondern zudem auch Castros Administration die Ausreise genehmigen. Bei einer Antragstellung vor Ort, wozu also auch Armins Erscheinen auf Kuba notwendig war. Ganz abgesehen von dem bürokratischen und finanziellen Aufwand: Die Prozedur würde nicht wenig Zeit erfordern. Wenn sie sich vor einem Heiratsentschluss gründlich genug kennen lernen wollten, wären mehrere Besuche erforderlich - und zwar Armins Besuche auf Kuba, weil Maribel ja nicht einfach so würde reisen können. Sicher ginge mehr als ein Jahr ins Land. Momentan war Armin zeitlich flexibel und auch mit hin reichend Rücklagen ausgestattet. Aber das Arbeitslosendasein konnte ja kein Dauerzustand sein. In Nullkommanix wären sonst seine Rücklagen zusammengeschmolzen. Und laufend eine Auszeit nehmen, um jeweils für mehrere Wochen nach Kuba zu fliegen, wäre kaum möglich, ja unmöglich, wenn Armin wieder einer geregelten Erwerbstätigkeit nachginge. Und überhaupt: Aus Therapiegründen wollte er sich ja schließlich paaren; rasch musste also seine Medizin wirken, um ihren Sinn zu erfüllen. Würden Maribel und er sich schließlich nach einem Jahr oder später über einige gemeinsame Urlaubswochen wesentlich besser kennen als es nun nach einer kurzen Zeit intensiven Zusammenlebens möglich wäre?

Es führte so oder so kein Weg daran vorbei, dass ein Paar eine Hochzeitsentscheidung zu treffen hatte, ohne sich bereits in der

34

gebotenen Gründlichkeit zu kennen oder gar das praktische Zusammenleben über einen hinreichenden Zeitraum zu erproben. Wenn der Kontakt nicht rasch wieder beendet oder allenfalls mehr oder weniger oberflächlich weitergeführt werden sollte, gab es nur eine Möglichkeit:

In den nächsten Stunden musste Maribel bei Armin einziehen, damit sie ab sofort als Paar zusammen leben und so die Partnerschaft praktisch testen könnten. Sehr zügig müssten zudem die Hochzeitsformalitäten in Angriff genommen werden. Aus seiner schon einige Jahre zurückliegenden Ehe mit einer Brasilianerin wusste Armin, dass für eine Hochzeit auf einem deutschen Standesamt neben den Geburtsdokumenten auch ein Ehefähigkeitsnachweis erforderlich wäre, der nur in Kuba zu beschaffen sei. Und dazu war die Zeit bereits zu knapp. Doch es gab da ja auch noch das *Hochzeits-Unternehmen Dänemark*. Dort waren im Prinzip die gleichen Papiere erforderlich, doch war der Ehefähigkeitsnachweis, also die Dokumentation des Ledigen-Status oder einer rechtskräftigen Scheidung, galant und rechtswirksam herbei zu bringen: über die Bescheinigung einer deutschen Behörde, die vom EU-Mitglied Dänemark problemlos anerkannt wird. Dazu meldet sich die Ausländerin beim deutschen Einwohnermeldeamt mit ihrem deutschen Wohnsitz an - in Maribels Fall also mit dem Familienstand *ledig*. Das Einwohnermeldeamt fertigt eine Meldebescheinigung - und darin steht als Familienstand ledig, also heiratsfähig, versehen mit dem Dienstsiegel einer deutschen Behörde. Was den Dänen voll und ganz ausreicht. Die Unterlagen für das dänische Standesamt waren alle beisammen, nur noch zu kopieren. Die Bearbeitung würde höchstens eine oder zwei Wochen erfordern. Danach müsse sich das Paar noch eine Woche lang in der dänischen Gemeinde aufhalten, wo die Ehe zu schließen sei - und der Hochzeit stünde nichts mehr im Wege. Und nur so konnte es demnach ablaufen:

Morgen und übermorgen wolle Armin sich nochmals mit Maribel treffen, um sie wenigstens noch ein wenig besser kennen zu lernen. Wenn sich keine ernsthaften Bedenken einstellten, wolle er sie dann spätestens am Sonntag fragen, ob sie ihn heiraten möchte. Bei positiver Antwort müsse sie dann direkt ihre Klamotten packen und zu ihm ziehen, wobei ihr neuer Wohnsitz umgehend anzumelden und die Meldebescheinigung zu erbitten sei. Sofort wären dann alle Dokumente, besonders auch die zu Armins vorausgegangenen drei Scheidungen, zu kopieren und mit der Heiratsanmeldung nach Dänemark zu schicken. Über ein kopierfähiges Formular verfügte Armin noch von seiner letzten dortigen Eheschließung her, die zeitschluckende Anforderung würde also entfallen. Wenn der Hochzeitstermin dann knapp kalkuliert und auf etwa drei oder vier Wochen später festgelegt würde, hätten Maribel und Armin noch etwa einen Monat Zeit, sich näher kennen zu lernen und die Partnerschaft im praktischen Zusammenleben zu testen. Würden sich bis dahin Probleme ergeben, ließe sich ja der Standesamtstermin auch noch im letzten Moment aufheben. Die Zeit war knapp, doch musste sie reichen. Es gab keine andere Möglichkeit außer der, den Schwanz einzuziehen und zu kneifen. Aber nein, kneifen wollte Armin nicht. Es tat sich ihm eine tolle Chance auf - und die wollte er nutzen. Selbst wenn die Ehe nicht lange währen würde ..... Sein Motiv war ja schließlich, Celi hinreichend zu vergessen; und so lange wäre er sicher mit Maribel zusammen. Genau genommen konnte er also nichts verlieren, sondern nur gewinnen. Armins Entschluss und Konzept standen fest.

Eine kleine Sicherheit wollte der strategisch denkende Armin aber noch in sein Konzept einbauen. Dass er über Ersparnisse verfügte, wusste Maribel, jedoch noch nichts über deren Höhe. Und die sollte sie auch vorerst nicht erfahren. Er würde ihr nur einen Teilbetrag offenbaren und mit ihr besprechen, dass es in seinem Alter und bei der hohen Arbeitslosigkeit in Deutschland alles andere als einfach wäre, einen neuen Job zu finden, besonders einen gut bezahlten - und dass man sich auf einen längeren Zeitraum intensiver Suche einstellen müsse. Bis dahin müsse man halt mit der relativ bescheidenen Arbeitslosen-Unterstützung auskommen, bescheiden leben und auf Flüge nach Kuba verzichten. Außerdem müsse man davon ausgehen, dass ein eventueller neuer Job nicht so viel mehr an Einkommen erbringen würde, dass dies eine deutliche Erhöhung des Lebensstandards nach sich zöge. Das Mehr ginge dann schließlich hauptsächlich für die Urlaubsflüge nach Kuba drauf. Also ein finanziell unbeschwertes Leben wäre kaum zu erwarten, eher ein solches auf finanziell niedrigem Niveau. Dass Armin eine künftige Existenz auf einer gänzlich anderen Ebene plante, brauchte Maribel vorerst nicht zu wissen. Und wenn sie dann bei den ihr zu offenbarenden Umständen bereit wäre, ihr weiteres Leben mit Armin zu teilen, sollte für die sehr schnell zu schließende Ehe doch wohl eine akzeptable Basis vorliegen. Und wenn nicht? Tja - dann müsse sich Armin wohl nach einer anderen Alternativ-Partnerin zu Celi umsehen.

Beim zweiten Treffen am Freitag-Abend hielt Armin sich noch mit seinen Gedanken und Planungen zurück und beließ es bei allgemeinen Unterhaltungen zum besseren Kennenlernen. Die Zärtlichkeiten setzten sich fort und tendierten auch bereits langsam in Richtung Leidenschaft. Der Abend verlief harmonisch und endete erst tief in der Nacht. Armin äußerte den Wunsch, Maribel am Samstag gegen Mittag abzuholen und mit ihr nach Hause zu fahren, damit sie über das Wochenende bei ihm bliebe. Danach wolle man dann weitersehen und vielleicht auch schon konkreter die Zukunft planen. Maribel war einverstanden. Als Armin sie bat, ihn anzurufen, wenn sie reisefertig sei, meinte sie, es sei besser, wenn er sie anriefe, weil ihr Handy kein Gesprächsguthaben mehr aufwiese. Als Armin sie ungläubig ansah, gab sie ungefragt die Erklärung ab: "Ich konnte einfach nicht widerstehen und rief meine Familie in Kuba an. Lange reden konnte ich aber nicht, weil das Gespräch abriss. Mein Schwager erklärte mir dann, dass kein Guthaben mehr vorhanden sei." "Oh Maribel, du musst noch viel lernen", antwortete Armin etwas enttäuscht. "Gespräche nach Kuba sind ganz besonders teuer - über's Handy gar unbezahlbar. Die kannst du wirklich nur über das Festnetz führen, und zwar über eine besondere Vorwahl mit einem halbwegs akzeptablen

Tarif. Bevor du also ein hohes Handy-Guthaben für ein ganz kurzes Telefonat verschleuderst, rufe doch bitte über das Festnetztelefon Deiner Schwester an und notiere die Gesprächszeit. Die Gebühren erstatte ich Deiner Schwester gern und natürlich jeweils sofort. Das ist viel billiger - und du kannst zudem ein Vielfaches an Gesprächszeit nutzen." Maribel nickte zustimmend. Es war eine teure Erfahrung, doch dieses Thema somit geklärt und abgehakt. Nun aber konnte Armin nicht widerstehen und musste noch fragten:

"Wie viel Geld hast du denn noch?" "Leider nichts mehr. Am Morgen war ich mit meiner Schwester einkaufen, dabei mit meiner Nichte Eis essen, wobei ich ihr dann auch noch ein paar Kleinigkeiten kaufte und für mich etwas Unterwäsche. Bis auf etwa zwei Euro habe ich alles ausgegeben. Ist das schlimm?" "Nein", antwortete Armin auf diese Erklärung und Frage, "das ist nicht schlimm, es war ja dein Taschengeld." Eine Auffrischung nahm er an diesem Abend aber nicht vor. Erst wollte er sich am Wochenende mal ernsthaft mit Maribel über den sinnvollen Umgang mit Geld unterhalten. Woher sollte sie auch entsprechende Erfahrungen nehmen, wo sie ja bislang noch nie über Geld verfügte? Über Zigaretten verfügte Maribel noch, und so konnte Armin sie unbesorgt mal für ein paar Stunden ohne Geld zurücklassen. Ob er ihr Telefonguthaben wieder kurzfristig aufladen würde, müsse sich auch erst noch erweisen. Ihre Schwester hatte sich ja schließlich auch mit der modernen Zeit und Lebensweise arrangiert - warum also sollte Maribel dies nicht lernen? Armin aber musste zunächst einfach akzeptieren, dass vieles, was in Mexiko beispielsweise als völlig normal gilt, auf Kuba und für Kubaner keineswegs selbstverständlich ist, sondern absolut ungewohnt. Doch Armin nahm es hin, dass ihm vermutlich noch manches Abenteuer bevorstünde.

Pikant, pikant

Als Armin am nächsten Morgen gegen elf Uhr anrief, erklärte ihm Maribel, in etwa einer halben Stunde fertig zu sein. 'Eure halben Stunden kenne ich', dachte sich Armin, um erst noch gemütlich eine Tasse Kaffee zu trinken und dann noch eine, danach die bei sehr gemütlicher Fahrweise etwas mehr als eine halbe Stunde dauernde Fahrt zu Maribel zurückzulegen - und dann noch eine weitere halbe Stunde zu warten, bis sie endlich fertig gestylt und auch die Reisetasche gepackt war. Aber das ist nun einmal Kuba - und mit solcherlei Handhabung der Zeit muss einfach leben, wer in Kontakt zu Kubanern steht. Eine kubanische halbe Stunde umfasst nun einmal mindestens 60 Minuten, wenn nicht noch deutlich mehr. Wie auch andere Begriffe oder Ansichten sich auf Kuba völlig anders definieren; aber dies, wenn man die richtige Einstellung besitzt, keineswegs immer nur so negativ wie die Argumentationsweise bei Auseinandersetzungen, nämlich über schlagkräftige Argumente.

"Maravillosa" äußerte sich Armin verzückt zu Hause nach dem gemeinsamen Frühstück, als man zu intensiven Zärtlichkeiten überging und Armin seine 'Exotin' langsam entpackte und dabei kein Schamhaar vernahm, abgesehen von einem schmalen, nicht einmal einen Zentimeter breiten Streifen krausen Haares, das sich vom Schritt bis kurz unter den Bauchnabel zog, was in solcher Länge sicher nur über jahreslanges systematisches Trimmen erreichbar ist. Jedenfalls war es ein herrlicher Anblick. Und die Vorstellung, dass dieser schmale Haarstreifen auch noch ein gutes Stück aus einem Bikini-Höschen hervortreten musste, hatte etwas sehr Pikantes, Anmachendes. Und welche Erklärung hatte Maribel dafür? Sexuelle Lust, Frivolität, gesteigertes Lustempfinden bei Streicheleinheiten im unteren Bereich? Keineswegs. Sowas gäbe man vielleicht in Brasilien unumwunden zu, nicht jedoch auf Kuba. Für Maribel musste eine harmlose Erklärung her: Die Hygiene - bei der Hitze auf Kuba! 'Was aber hat ein solcher Anmachstreifen mit Hygiene zu tun?', fragte sich Armin, um dann aber über solche Belanglosigkeiten nicht weiter nachzudenken, sondern sich der unbehaarten interessanten Körperregion genüsslich zu widmen.

Was nicht nur Maribel, sondern auch ihn gewaltig erregte. Maribels gekonnter Handgriffe hätte es dazu nicht einmal bedurft. Als es dann jedoch zur Sache gehen sollte, musste Armin unwillkürlich an Celi denken - und schon war's bei ihm vorbei, die Erektion unwiederbringlich vorüber. Diesmal nahm er's noch leicht nach dem Motto 'naja, kann ja mal passieren'. Und da er beim Sex stets zuerst an seine Partnerin dachte und erst danach die eigenen Gelüste für ihn wichtig wurden, gab er sich sehr viel Mühe, Maribel mit gekonnter Hand- und Zungenarbeit zu einem leidenschaftlichen Orgasmus zu führen. Deshalb stellte sie ganz ohne Enttäuschung anschließend die Frage nach dem Grund seiner plötzlichen Lustlosigkeit und meinte: "Ist es vielleicht das Alter?".

"Ganz bestimmt nicht", entgegnete Armin, "noch bis vor Kurzem hatte ich nicht die geringsten Probleme. Mit Celi genügte schon fast eine Berührung von ihr, mich zum Orgasmus zu führen. Nein - ich musste nur an Celi denken; und das nahm mir ganz einfach die Lust. Ich sagte Dir ja, dass Du viel Verständnis und Geduld mit mir haben musst. Eine wunderbare Frau wie Celi, und das war, ist und bleibt sie immer für mich, kriegt man nicht so einfach und rasch aus dem Kopf. Das braucht einfach Zeit. Wenn ich ehrlich bin, muss ich gestehen, dass ich mich schon auf ein paar Wochen eingestellt habe. Hoffentlich dauert es nicht viele Monate. Aber du kannst es dir ja auch jederzeit anders mit mir überlegen. Ich hätte vollstes Verständnis dafür." "Aber nein", beschwichtigte Maribel, "ich wollte ja von Beginn an die notwendige Geduld aufbringen, und dabei bleibe ich auch. Schließlich war es ja auch ohne Vereinigung für mich ganz toll. Fehlt dir denn nichts? Soll ich es auch mit der Hand probieren?" Armin lehnte dankend ab. Er war einfach nicht mehr in Stimmung für Sex, widmete sich aber ansonsten auch weiterhin Maribel sehr aufmerksam und liebevoll.

Etwas später fragte Maribel dann, ob Armin nicht auch Lust hätte, sich im Intimbereich zu rasieren oder noch besser von ihr rasieren zu lassen; ihr jedenfalls würde das besonderen Spaß bereiten, sowohl beim Rasieren wie auch ganz besonders beim Sex. Im Sinne der von ihm sehr hoch gehaltenen Gleichberechtigung - nie erwartete er von seiner Partnerin etwas, wozu er selbst nicht ebenso bereit sei; bei Maribel würde er sich aber durchaus wünschen, dass sie sich auch in Zukunft genau so rasiert wie jetzt - hätte er sich spontan bereit erklären müssen, wie er empfand. Aber schon musste er wieder an Celi denken. Wenn er sie nun doch irgendwann, irgendwo, irgendwie wiedersehen würde, wie nähme sie wohl eine solche Spezialrasur auf? Deshalb reagierte er etwas salomonisch: "Liebe Maribel, lass uns die Beantwortung dieser Frage bitte etwas hinausschieben. Wir kennen uns ja nun gerade erst mal drei Tage. Deshalb scheint es mir für eine solche einschneidende Maßnahme noch etwas zu früh. Einverstanden?" "Einverstanden. Wenn du nämlich rasiert zum Arzt kämst, würde der dich bestimmt fragen, ob du mit einer Latina verheiratet bist. Also warten wir bis nach der Hochzeit, damit du in solchen Fällen ohne Scham mit Ja antworten kannst." Armin war zunächst einmal sehr erleichtert - und freute sich auf das weitere und auch künftige intime Zusammensein mit Maribel, die nur an einer einzigen Körperstelle, nämlich am Kopf, behaart war - dort aber besonders schön, lang und sehr, sehr reizvoll. Wenn sie ihr Haar offen trug wie jetzt, sah sie einfach umwerfend aus.

Die Frage aller Fragen

Am Sonntag nach dem Frühstück brach das Paar auf zu einem Ausflug in die Umgebung. Schon im Auto begann Armin, Maribel die Dinge zu erläutern, die er sich in der Nacht von Freitag auf Samstag während der Heimfahrt zurechtgelegt hatte. Maribel stimmte allem, was ihr erzählt wurde, rundum zu. Sie schien mit Armins Erklärungen keinerlei Probleme zu haben, fand lediglich, dass sie sich ja schließlich auch eine Arbeit suchen und mitverdienen wolle. "Was aber nicht so einfach ist", lautete die etwas enttäuschende Antwort, "denn zuvor musst du erst einmal unsere Sprache lernen, weil es ohne Sprachkenntnisse eine seriöse Arbeit wohl kaum gibt." Gegenüber einem kleinen Stadtpark wurde das Auto geparkt - und beim Bummel Hand in Hand gingen die Gespräche in Richtung einer gemeinsamen Zukunft locker, aber zielgerichtet weiter. Nennenswerte Unstimmigkeiten stellten sich nicht ein. Deshalb nahm Armin auf einer Parkbank Platz und zog Maribel sanft an seine rechte Seite.

"Mein Schatz", begann er nun klar auf sein Ziel zuzusteuern, "wir kennen uns noch nicht lange, verstehen und aber prima und, davon darf ich sicher ausgehen, mögen uns auch. Die paar Problemchen, die sich mir bislang zeigten, scheinen mir entweder unwichtig oder leicht überwindbar. Die Zeit drängt, weshalb eine rasche Entscheidung angebracht scheint. Heute und hier stelle ich dir also ganz ernsthaft die Frage, auf die du hoffentlich wartest, zumindest nicht negativ reagierst: Willst du mich heiraten?" "Ja, Armin, das will ich - weil auch ich sehr zuversichtlich bin, dass wir es gemeinsam schaffen und unsere Probleme überwinden." Eine sachliche Frage, eine ebenso sachliche Antwort ohne Gefühlsduselei und dennoch sehr einfühlsam: Alles war geklärt und in Ordnung. Ganz schnell und ganz knapp, ohne jegliches Drumherum. Armin umarmte Maribel, gab ihr einen langen Kuss und schlug dann vor: "Die noch gut erhaltenen Rosen schenkte ich dir ja erst vor drei Tagen. Wir werden sie auf dem Rückweg mitnehmen - und wenn sie verwelkt sind, gibt's den nächsten Strauß -

bis der verwelkt ist und dann immer so weiter. Zur Feier des Tages, finde ich, sollten wir etwas später ein vornehmes Lokal aufsuchen, um dann mit einem ebenso vornehmen Mehrgänge-Menü angemessen zu speisen und zu feiern." Nach Maribels zustimmendem Kopfnicken standen sie auf und schlenderten engumschlungen durch den Park in Richtung Stadtzentrum.

Während des gemütlichen Schaufensterbummels kam Maribel auf die schlechte finanzielle Situation ihrer Familie zu Hause zu sprechen. Sie äußerte den Wunsch, rasch zumindest eine vorübergehende Arbeit zu finden, um ab und an zumindest etwas Geld nach Kuba zu schicken. Bislang hätte sie gelegentlich einer in der Nähe ihrer Schwester wohnenden älteren Dame im Haushalt geholfen. Dabei habe sie zwar nicht viel verdient, doch wäre kürzlich bereits ein erster Geldtransfer nach Kuba möglich gewesen. Wenn sie nun bei Armin einzöge, was ja eigentlich bereits geschehen sei, fiele diese Verdienstmöglichkeit weg, weshalb sie sich arge Sorgen mache.

"Da werde ich natürlich einspringen", beruhigte sie Armin. "Über ein paar Ersparnisse verfüge ich ja; und wenn wir vernünftig und sparsam leben, wird's schon funktionieren. Dass du auch arbeiten willst, finde ich prima. Aber nochmals: Erst musst du die Sprache erlernen, zumindest etwas. Nutze also die Zeit. Ich habe vor Jahren mal, als ich selbst ins Spanische einstieg, mir aus verschiedenen Sprachentrainings das Beste und Wichtigste heraus gezogen, um damit meinen ganz persönlichen einfachen Sprachlehrgang zu basteln. Immerhin flog ich nach zwei Wochen zu den Mexikanern, mit denen ich mich aufgrund meiner zwar dilettantischen, aber immerhin vorhandenen ersten Sprachkenntnisse bereits ganz ordentlich unterhalten konnte. Das Wörterbuch brauchte ich dann immer seltener - und wie du siehst, benutze ich es heute so gut wie überhaupt nicht mehr, weil ich ein hin und wieder mal fehlendes Wort leicht umschreiben kann. In Mexiko schrieb ich dann mit Unterstützung meiner damaligen dortigen Partnerin Amelia den primitiven, aber wirkungsvollen Lehrgang für Anfänger um in die andere Richtung, nämlich zum einfachen Deutschlernen für Mexikaner und Spanischsprechende. Ich werde dir die Vorlage kopieren; und wenn du dann systematisch vorgehst, müsstest du nach etwa einem Monat zu ersten Gesprächen in der Lage sein, wenn auch am Anfang nicht ohne Wörterbuch. Zwar ist für dich, darüber bin ich mir absolut klar, das Erlernen meiner Sprache deutlich schwieriger als es das Spanische für mich war. Aber wie gesagt: ich brauchte zwei Wochen, um loszulegen; nimm du dir deshalb einen Monat zum Ziel. Das dürfte dann realistisch machbar sein. Wie viel Geld braucht denn deine Familie kurzfristig?"

Maribel war sehr erleichtert; einerseits über die genannten sprachlichen Perspektiven, andererseits über Armins Bereitschaft, sofort etwas Geld nach Kuba zu schicken. "Ich sandte vor zwei Wochen 200 Dollar, die ich einem Reisenden mitgab. Ich denke mal, mit 200 bis 250 Euro könnte mein Sohn sich endlich mal ein paar ordentliche Klamotten kaufen und bliebe auch noch etwas übrig für die Haushaltskasse meiner Mutter." "Na, das ist ja für hiesige Verhältnisse nicht die Welt, wenn auch auf Kuba sehr, sehr viel Geld, wie ich weiß. Aber du weißt ja wahrscheinlich auch, dass man wegen der US-Sanktionen gegen Kuba auf dem normalen Weg kein Geld dorthin schicken kann, weder über Western Union noch per Banküberweisung, die ja in die dortige Region generell über amerikanische Banken laufen. Es geht nur über teure Hintertüren. Wegen der hohen Kosten schlage ich vor, dass wir nicht ständig kleine Überweisungen tätigen, sondern jetzt gleich mal eine etwas größere Summe schicken, um uns dann die nächste Zeit keine Sorgen und unnötigen Kosten mehr machen zu müssen. Bist du der Meinung, dass deine Mutter mit einem Betrag von 500 Euro, also einem kleinen Vermögen nach kubanischen Verhältnissen, vernünftig umgehen kann und vor allen Dingen nicht alles auf einmal ausgibt?" "Meine Mutter ist eine sehr vernünftige und vernünftig wirtschaftende Frau. Die wird mit dem Geld garantiert vernünftig umgehen. Vielen, vielen Dank für deine Hilfsbereitschaft." "Nichts zu danken, mein Schatz, das ist

44

doch eine Selbstverständlichkeit, so lange die Erwartungen im machbaren Rahmen bleiben. Und wenn du jetzt systematisch und konsequent in Sprachübungen einsteigst, können wir uns ja vielleicht schon bald beide Arbeit suchen, was unsere finanzielle Situation dann ja dauerhaft deutlich verbessert. Also ich werde mich gleich morgen konkret schlau machen, habe ja bislang noch nie Geld nach Kuba geschickt, und dann bringen wir gleich 500 Euro auf den Weg."

Unbeschwert und in bester Feierlaune suchte das gut gelaunte, ja glückliche Paar am späten Nachmittag ein nobles Restaurant auf. Dies sollte das letzte Mal sein, dem Anlass entsprechend, wo man nicht auf's Geld achten würde; ab sofort wolle man dann ein sparsames Leben führen und nur noch notwendige und sinnvolle Ausgaben tätigen.

Die Zukunft nahm sich für beide sehr positiv aus. Nur Armin musste immer wieder an Celi denken. Wie es ihr wohl erging? Was sie wohl so machte? Ob sie auch manchmal noch an ihn dachte? Es war schön mit Maribel, sehr schön. Aber im Hintergrund existierte immer noch Celi, diese wunderbare und perfekte Traumfrau ..... Ein Jammer, dass man eine andere Frau braucht, um endlich von ihr loszukommen. Armin fühlte sich einerseits glücklich, aber andererseits auch sehr bedrückt. Es war durchaus eine Lösung, was sich ihm da jüngst ergab. Eine akzeptable Lösung ja - aber einfach nicht die optimale. Und ob dauerhaft eine wirklich gute, das müsse sich wohl auch erst noch zeigen. Er würde sich jedenfalls nach besten Kräften anstrengen.

Das gemeinsame Leben beginnt

Am frühen Abend fuhr das Paar zunächst zu Maribels bisherigen Gastgebern, um ihre restlichen Habseligkeiten, die alle in eine mittelgroße Reisetasche passten, einzupacken - und dann ging's gemeinsam nach Hause. Nach einem Glas Wein begab man sich früh zu Bett, nicht etwa aus Müdigkeit. Man wollte dort weiter machen, wo man am Vortag aufhörte beziehungsweise umprogrammierte. Aber es ergab sich der gleiche Verlauf: Beide waren in guter Stimmung und rasch erregt - doch als es so weit war, dachte Armin an Celi, und vorbei war's mit seiner Sexlaune. Diesmal entschuldigte er sich in aller Form bei Maribel, für welche die Situation sicher alles andere als einfach war: mit ihr lag Armin im Bett, um dabei an eine andere zu denken. Hoffentlich würde sich dies bald ändern; denn es war klar, dass Maribels Toleranz nicht überfordert werden sollte, was sicherlich bald der Fall wäre, wenn das mit den erfolglosen Sexversuchen so weiter ginge. Gerade bei Maribel, die in dieser Hinsicht sicher alles andere als ein unbedarftes Mauerblümchen war - wenn Armin da nur an Intimrasur und Anmachstreifen dachte. An diesem Abend allerdings ließ sie sich keine Enttäuschung anmerken, was sich in der Folgezeit dann aber doch so langsam ändern sollte.

Trotz des gestrigen Abends nicht ganz ohne Enttäuschung standen die beiden am Morgen sehr früh auf, weil ein aktionsreicher Tag vor ihnen lag. Zunächst war das Einwohner-Meldeamt aufzusuchen und danach das dänische Standesamt anzuschreiben. Im Internet wollte Armin nach den Geldtransfer-Möglichkeiten für Kuba recherchieren und nach Möglichkeit die besprochenen 500 Euro gleich auf den Weg bringen. Und dann stand noch etwas an, was garantiert sehr, sehr viel Zeit verschlingen würde: einkaufen mit Maribel; zunächst Dinge für den nun gemeinsamen Haushalt, danach, von Armin bewusst im Anschluss an alle anderen Erledigungen gelegt, Kleidung für sie. Ihre bisherige Garderobe war nicht schlecht, aber noch etwas dürftig und vor allen Dingen: alles Klamotten, die ihr von Freundinnen, besser von Freundinnen ihrer Schwester, zugesteckt wurden, weil zum eigenen Einkauf bislang noch kein Geld vorhanden war. Deshalb war Maribel natürlich ganz besonders stolz auf den bevorstehenden Einkaufs-bummel - und deshalb auch hatte Armin die Klamotten als letzten abzuhakenden Punkt auf der geistigen Erledigungsliste vermerkt, weil bei solchen Aktionen eine zeitliche Begrenzung nicht mög-lich ist und eine Beendigung eigentlich nur zwangsweise erfolgen kann, etwa über den Geschäftsschluss. Bereits kurz nach Mittag wurde der Bummel gestartet - und die Bezahlung des letzten Ein-kaufs erfolgte tatsächlich fast auf den Punkt um 20.00 Uhr, weil um diese Zeit damals noch alle Geschäfte schließen mussten. Ein paar Jahre später wäre es beim letzten Bezahlen sicher so ziem-lich genau 22.00 Uhr gewesen. Aber diesmal war das Schicksal noch ein kleinwenig gnädig mit Armin. Der wieder einmal mit Celi verglich:

Celi betrachtete sich immer zuerst den Preis einer sie interessie-renden Ware, um dann meist weiter zu schlendern mit den Wor-ten "zu teuer." Auch sie prüfte und probierte; jedoch relativ zügig. Um Schnellgang war auch mit Celi nicht einzukaufen. Doch be-gab man sich mit ihr in dieses Abenteuer, konnte man im An-schluss auch durchaus noch andere Aktivitäten einplanen. Und wenn man ihr verdeutlichte, dass die Zeit langsam knapp würde, brach sie auch mal ganz spontan und ohne Murren ab und meinte nur: "Morgen ist auch noch ein Tag." Meist entschied sie sich ohnehin, nur zu schauen und nichts zu kaufen; und Armin musste sie dann jeweils überreden oder das sie Interessierende heimlich hinter ihrem Rücken einkaufen.

Auch bei Maribel erhielt Armin spontan den Eindruck, dass sie vordergründig nach dem Preis auswählte - nur eben in umgekehr-ter Richtung: je höher der Preis, umso besser schien ihr der betreffende Artikel zuzusagen. Deshalb fasste Armin den Ent-schluss, nach der momentan einfach nötigen Erstausstattung seine Partnerin mit einem angemessenen Taschengeld auszustatten und sich auch selbst ein solches zuzubilligen, allerdings nur in halber Höhe, weil er auf absehbare Zeit sicher im Gegensatz zu Maribel nicht den geringsten Bedarf an neuer Kleidung haben würde. Weiteres müsse sie dann über das Taschengeld finanzieren. Am Abend in Ruhe zu Hause wollte er diese Dinge mit seiner vermutlich doch wohl lernfähigen netten Exotin besprechen. Das Thema war sicher nicht ohne einen gewissen Ernst; doch musste Armin immer wieder heimlich schmunzeln, wenn er an seine Maribel und ihr nicht gerade erwachsen anmutendes Verhallten dachte. *La niña Maribel!*

Irgendwelche Probleme bei der Besprechung zu Hause gab es nicht. Maribel konnte Armins Argumenten meist nur zustimmen und entschuldigte sich immer wieder damit, dass dieses freie Einkaufen beliebiger Dinge mit genügend Geld in der Tasche für sie völlig ungewohnt sei und dass sie bislang nun mal der Meinung war, dass eine Qualität umso besser sei, je höher der Preis ausfalle; wie beispielsweise bei der kubanischen Havanna. Die Erklärungen waren also durchaus nachvollziehbar; und so konnte Armin seiner Maribel nichts verübeln, auch wenn sie heute wohl einen dreistelligen Eurobetrag sinnlos verpulvert hatten. Maribel schlug vor, Armin möge ihr bitte bei ihrem Lernprozess helfen, weshalb sie ihn ab sofort immer nach seiner Meinung zum Preis fragen würde, bevor der endgültige Kaufentschluss fiele. Und weil man sich so prima verstand, besprach man auch gleich noch das allgemeine Verhalten zueinander. Beide vertraten völlig übereinstimmend die Ansicht, dass sie sich erst einmal kennen lernen müssten, bevor sich die große Harmonie einstellen könne. Viel Geduld sei dazu erforderlich, viele Fehler würden gemacht und seien zu tolerieren wie auch zu verzeihen - und vor allen Dingen müsse und wolle man sehr viel miteinander reden in einem frühen Stadium von Unstimmigkeiten oder unterschiedlicher Ansichten, bevor ein wirklicher Konflikt entstünde. Sehr selbstkritisch wolle man bei allen Unstimmigkeiten jeweils über die Dinge nachdenken; und deshalb auch das Wort 'Entschuldigung' als Standardausdruck ganz oben auf die Liste der oft zu benutzenden Worte schreiben, beidseitig.

Auch das Thema 'Celi' griff Maribel bei der großen Aussprache mit auf. Armin verleugnete seine nach wie vor profunden Gefühle

48

gegenüber Celi nicht und konnte nur noch einmal um Zeit und Geduld bitten. Dann unterbreitete er einen etwas außergewöhnlichen Vorschlag: "Viele Menschen haben Probleme oder Ängste, nicht wenige beispielsweise Flugangst. Es gibt Therapien oder Kurse zur Bekämpfung von Flugangst, indem man mit den Ängstlichen ganz einfach fliegt. Probleme bekämpft man, indem man sich ihnen stellt. Das möchte ich auch tun. Wir werden uns ja wohl in Kürze auf Arbeitssuche begeben. Wenn wir dann Jobs gefunden haben, wäre meine Idee, kurz vor dem Arbeitsantritt noch einmal so richtig Urlaub zu machen, vielleicht für zwei Wochen. Und als Urlaubsort schlage ich Mexiko vor, konkret Querétaro, Celis und auch meine vergangene Stadt. Wenn ich es dort aushalte und den Aufenthalt schadlos überstehe, gehe ich davon aus, auch die schiefgegangene Beziehung mit Celi verarbeitet zu haben. Also: wir konfrontieren mich mit meinem Problem; und dann wird sich zeigen, ob ich damit irgendwie klar komme. Vielleicht wird es sich ergeben, dass ich künftig mit dir an meiner Seite wieder in Mexiko leben kann. Vielleicht gefällt es dir dort auch. Das wäre dann kurz vor deiner Haustür, ganz nahe bei Kuba. Wer weiß - vielleicht leben wir beide schon bald in Mexiko und besuchen von dort aus laufend deine Familie und dein Land. Ich glaube auch, dass es in Mexiko sehr viel einfacher wäre, für deinen Sohn eine Aufenthaltsgenehmigung zu erhalten als in Deutschland. Und die Sprachprobleme wären ganz automatisch gelöst. Kurzfristig schon ein dauerhaftes Leben auf Kuba anzusteuern, scheint mir eher unrealistisch, weil ich dort keine Existenzmöglichkeit sehe, noch nicht. Ich kann nicht erkennen, wie ich mit meinen Fähigkeiten und Möglichkeiten von hier aus eine Existenz vorbereiten könnte in einem Land, wo es faktisch kein Internet gibt und auch kein international funktionierendes Bankenwesen. In Mexiko existieren solche Probleme nicht. Was hältst du von meinem Vorschlag?"

Maribel musste erst etwas nachdenken, bevor sie meinte: "Das hört sich sehr gut an; besonders zur Nähe, Sprache und Aufenthaltserlaubnis. Aber ich weiß nicht - die Mexikaner sind doch so arm ....." Armin verschlug es die Sprache. Solche Worte aus dem Mund einer Kubanerin, aus einem kommunistischen Land, wo ein Arzt keine 20 Dollar im Monat verdient und Milch beispielsweise ein sehr seltener und teurer Luxusartikel ist. Das erste Mal drängten sich Armin ernste Bedenken auf, ob Maribel nicht ganz konkret auf der Suche nach Wohlstand und Luxus war, und zwar um jeden Preis, auch den einer Heirat, zu der sie unter normalen Umständen vielleicht nicht bereit wäre. Akzeptierte sie deshalb seine ungebrochen starke Liebe zu Celi und dass er beim Sex stets nur an sie denken musste? Es war schon spät und dunkel. Aber Armin konnte jetzt noch nicht ins Bett. Er brauchte Bewegung. Einen langen Spaziergang, auf dem er sehr viel und sehr gut nachdenken konnte. Dies erklärte er Maribel mit sehr freundlichen Worten. Jetzt müsse er einfach laufen und dabei nachdenken - seine Art, sich mit Problemen zu beschäftigten, die sich nach seiner Erfahrung so oft ganz von selbst lösten. Mit einem Kuss verabschiedete er sich von Maribel.

Gewaltige Probleme wie das mit Celi, die er wohl in diesem Leben nicht mehr wiedersehen würde, aber einfach nicht vergessen konnte, ließen sich natürlich auch auf noch so ausgedehnten Spaziergängen bei noch so intensiven Denkorgien nicht bewältigen. Aber die kleinen Problemchen des Lebens, besonders die aus Zweifeln, Enttäuschungen oder Unverständnis resultierenden, wozu Armin auch die aktuellen Zweifel an Maribel zählte, fanden bei Armins dann typischen langen, mitunter auch sehr langen Spaziergängen oft ganz wunderbare Lösungen. Denn grundsätzlich führte er seine Denkorgien dabei ganz besonders selbstkritisch durch, wobei er stets die Suche nach eigenen Fehlern, Schwächen oder falschen Sichtweisen in den Vordergrund stellte. Meist brauchte er so keine Stunde, bis er zu der Einsicht gelangte, dass allem, was ihm nicht in den Kram gepasst hatte oder zu passen schien, ja eigentlich gar kein so großes Gewicht beizumessen und die Dinge mit etwas gutem Willen wohl auch sehr leicht lösbar seien. Das Resultat seiner jetzigen Überlegungen machte keine Ausnahme von diesen Erfahrungswerten. Keineswegs betrachtete Armin die Situation und das Leben nun durch die rosarote Brille. Aber um sehr tief und ernsthaft besorgt zu sein, befand er, bestand nun einfach noch kein Anlass. Selbst wenn seine Sorgen nicht unberechtigt waren: er selbst war ja schließlich auch ganz sachlich kalkulierend eine neue Partnerschaft angegangen. Keine Panik also - nur rücksichtslos sollte das Verhalten auf keiner Seite jemals werden, alle anderen Dinge wären doch irgendwie immer wieder verzeihbar. Positiv gestimmt begab sich Armin auf den Heimweg.

Zu Hause saß Maribel über seinem Sprachlehrgang und begrüßte ihn freundlich mit den Worten: "Y - como'stas?" Mit "Kein Problem" gab ihr Armin einen Kuss, um sie dann zu beruhigen: "Solche Spaziergänge sind sehr gut für's Gehirn. Ich kam beim Nachdenken rasch zum Resultat, mir zu viele und wahrscheinlich auch unbegründete Sorgen gemacht zu haben. Bitte entschuldige und lass uns das Ganze vergessen. Und wenn ich mich wieder mal über irgend etwas ärgere, werde ich wieder spazieren gehen. Auch du solltest während meiner Spaziergänge über das anliegende Problemchen nachdenken, dich aber nicht unnötig sorgen, o.k.?" "O.K., das sind vernünftige Vorschläge. Und immer wollen wir rechtzeitig miteinander reden. Nun gehen wir zu Bett und kuscheln, ja?"

Armin lag mit Maribels Kopf auf seiner Brust noch eine ganze Weile sehr nachdenklich im Bett. Sorgen bereitete ihm die Erkenntnis, dass er möglicherweise dabei war, Maribel für seine vergangenen Fehler oder erlebte Enttäuschungen büßen zu lassen. War er vielleicht zu kritisch und zu vorsichtig geworden? Keinesfalls sollte Maribel für seine Vergangenheit bezahlen. Es war gut, dass er momentan keine Arbeit hatte. Denn garantiert würden noch oft Zweifel in ihm aufkommen - und dann hätte jeweils zu gelten: ab in den Wald, laufen und nachdenken; und vor allen Dingen beruhigen! Mit diesen guten Vorsätzen schlief auch er beruhigt ein.

Immer für eine Überraschung gut

Die folgenden drei Tage geschah nicht Außergewöhnliches. Man schmuste und redete viel miteinander, schloss stets auch in Belanglosigkeiten Kompromisse und näherte sich so immer mehr einander an. Gemeinsame Linien zu finden schien keine Probleme zu bereiten. Dienstag hatte Armin, als es in einer Papier-Großhandlung mal wieder zeitlich etwas eng war, einzuspringen und für etwa fünf Stunden Lieferfahrten mit dem LKW zu erledigen. Maribel begleitete ihn, interessierte sich neben dem Mitfahren aber nicht für die Tätigkeit, weshalb sie die ganze Zeit teilnahmslos im Führerhaus sitzen blieb, wenn Armin die Kundenwünsche befriedigte. Das fand Armin etwas schade, denn für seine Partnerin hätte es in Firmenlagern oder Produktionsstätten durchaus Interessantes zu sehen gegeben. Und natürlich war er auch sehr stolz auf seine schöne Gefährtin, weshalb er sie schon gern vorgestellt hätte. Nach früher Beendigung der Arbeit begab man sich zunächst in ein Fastfood-Restaurant zwecks rascher und preiswerter Sättigung, weil man es sich anschließend noch für ein paar Stunden in Armins Stammkneipe gemütlich machen wollte. Und woraus bestand Maribels Menü? Natürlich aus Hamburger, Pommes und Cola, während Armin sich für Hühnchen-Nuggets mit frischem Salat entschied und demonstrativ, was er sonst eigentlich selten tat, Mineralwasser dazu trank.

Später in der Kneipe war das Paar die Attraktion. Maribel wollte es Armin gleich tun und bestellte sich wie er ein Bitburger Pils. "Grande, por favor", meinte sie, doch wollte ihr Partner sie gleich richtig auf dieses für ihn edle Getränk einstimmen: "Mein Schatz, dies ist ein besonderes Bier. Für viele und natürlich auch für mich das beste überhaupt. Es ist angenehm herb und schmeckt bei exakter Kühlung ganz vorzüglich, wie du hoffentlich bald feststellen wirst. Dieses Bier trinkt ein Kenner nicht, um Alkohol in sich hinein zu schütten, sondern mit Genuss, also mit der richtigen Temperatur frisch gezapft und mit der unabdingbaren Schaumkrone, die sich natürlich nicht lange hält. Ein Genießer trinkt es daher aus einem kleinen Glas, damit es nicht absteht, was schlagartig einen Qualitätsverlust bedeutet. Lass uns lieber öfter bestellen, immer frisch und zum vollen Genuss." Maribel nahm die Lektion gern an und wartete gespannt die Minuten, bis ihr das frisch gezapfte Bit kredenzt wurde. Dann prostete sie Armin zu, nahm einen vorsichtigen Schluck, war begeistert und leerte das Glas zur Hälfte. Bis Armin genussvoll auch halb geleert hatte, war ihr Glas bereits leer. Doch bei diesem edlen Gebräu zog er auch rasch gleich und bestellte die nächste Runde. Es hatte sich bereits eine kleine Gruppe um sie gebildet, woraus sie mit Fragen nur so gelöchert wurden. Und Armin war in alle Richtungen sehr emsig mit dem Übersetzen beschäftigt. Zwar versuchten einige Gäste immer wieder, sich auf Englisch mit Maribel zu unterhalten. Eine Frau, die so aussieht wie sie, muss doch wohl englisch sprechen. Dass es kaum einen Kubaner gibt oder eine Kubanerin, der oder die diese Sprache auch nur ansatzweise beherrscht, übersteigt nun einmal den Horizont von Otto-Normal-Kneipengänger. Spanisch hingegen sprach niemand in der Kneipe. Deshalb führte Armin kaum eigene Unterhaltungen, sondern war fast ausschließlich mit Übersetzungen beschäftigt. Dies jedoch nicht ohne Stolz - einerseits auf seine hoch attraktive Partnerin und andererseits auf den Neid, den man ihm entgegenbrachte. Man beneidete ihn um Maribel, aber auch um seine augenscheinlich sehr guten Spanisch-Kenntnisse. "Ach ja, Spanisch müsste man können", hörte er mehr als einmal, "dann könnte man sich auch so 'was Tolles anlachen."

In dieser Stimmung dauerte es nicht lange, bis Armin im Hinblick auf die Fahrtüchtigkeit bei der Promillegrenze nicht nur angelangt war, sondern sie bereits überschritten hatte. Maribel waren solche Bedenken völlig unbekannt. Außerdem fühlte sie sich derart wohl, dass man sie doch nun nicht abrupt dieser ihr so hohe Bewunderung entgegen bringenden Runde entreißen konnte. Auch Armin verspürte weder Lust, sich zu verabschieden noch auf andere Getränke umzusteigen. Außerdem hagelte es Runde um Runde; und keine einzige davon wurde noch von Maribel oder ihm in Auftrag gegeben. Man verhielt sich dem interessanten Paar gegenüber äußerst spendierfreudig. Und es war auch bereits eine Einladung für den kommenden Samstag zur Geburtstagsfeier in der Stammkneipe erfolgt. So leicht gerät man in missliche Situationen - auch ein eigentlich sehr besonnener Mensch, der zudem existenziell auf seine Fahrerlaubnis angewiesen ist. Armin jedenfalls wischte die Bedenken beiseite, denn nach Hause ging es nur ein paar Kilometer durch den Wald - und noch niemals während vieler Jahre war ihm auf diesem Weg mal Polizei-Präsenz aufgefallen. Außerdem beherrschte er das Auto, eigentlich so ziemlich jedes Auto, mit schlafwandlerischer Sicherheit und Leichtigkeit - auch unter Alkohol, wobei er sich der zwangsläufig nachlassenden Reaktionsfähigkeit absolut bewusst war und deshalb ganz besonders vorsichtig fuhr. Eigentlich sah er kein wirkliches Risiko. Und so zog sich der Abend noch sehr lange hin.

"Wie lange ist sie denn schon in Deutschland?", erkundigte sich der Wirt, um sich nach Armins Antwort "runde zwei Monate" doch etwas zu wundern: "Sicher hatte sie von Beginn an vor, in Deutschland zu bleiben. Dass sie dann aber noch kein einziges Wort Deutsch spricht, mal von 'Prost' abgesehen? Du solltest nicht den Fehler begehen, nur Spanisch mit ihr zu reden. Dann würde sie wohl nie unsere Sprache erlernen. Ja, du musst sie wohl dazu zwingen. Und das geht wahrscheinlich nur, indem ihr euch so wenig wie irgend möglich in ihrer Sprache unterhaltet."
"Das stimmt schon. Aber ich rede nicht ganz ohne Eigennutz Spanisch mit ihr. Mein Spanisch ist bestimmt schon sehr gut, aber noch weit weg von der Perfektion. Diese Sprache so oft und intensiv wie möglich anzuwenden, wirkt sich sehr direkt und positiv auf meine eigenen Sprachkenntnisse aus." "Damit hättest du dann wiederum Recht. Aber ich will Dir auch mal etwas sehr Positives sagen neben den üblichen Komplimenten hinsichtlich dieser äußerst attraktiven Frau. Du weißt ja, dass es meine Ast ist, die Menschen gründlich zu studieren und auch meine Gäste charakterlich zu analysieren. Weißt du, was mir an deiner Maribel so

positiv auffiel? ....." Damit machte der Wirt eine Pause, um seine Beobachtung nach Armins Schulterzucken zu erläutern: "Wenn hier stolze Freier mit neuen attraktiven Eroberungen herein schauen, ist es die Regel, dass die Schönen sich für alles und jeden interessieren, zumindest blickweise, wer denn sonst noch anwesend ist oder durch die Tür kommt. Auch beim Zwiegespräch des Paares geht ständig der Kopf der Dame hoch. Selbst bei altgedienten Paaren gibt es da nur seltene Ausnahmen. Deine Maribel aber verhält sich völlig anders. Hält deine Hand, schmust mit dir, interessiert sich für alles, was du tust oder sagst, aber kaum oder nur am Rande für die anderen, mal von direkten Gesprächspartnern abgesehen. Und deshalb glaube ich, dass du mit ihr einen guten Fang gemacht hast. Kümmerte dich immer intensiv um sie. Sie hat es verdient. Auch unsere Sprache hat sie verdient. Diesbezüglich aber musst du sie wohl zu ihrem Glück zwingen." "Danke für den Hinweis, Kumpel. Mir fiel diese äußerst positive Eigenschaft noch gar nicht auf; und ohne deine Worte wäre sie mir wohl auch noch eine ganze Weile verborgen geblieben. Manchmal muss ein Anstoß halt wirklich von außen kommen. Ja - ich sollte weniger zweifeln und viel stärker nach Positivem fahnden. Nochmals danke für den Anstoß." Armin fühlte sich in diesem Moment richtig glücklich. Und wie ihm später klar wurde, war dies auch tatsächlich einer der wenigen Momente gewesen, in denen er mal nicht an Celi dachte. Hinsichtlich der sehr schnell geplanten Hochzeit wurden seine Bedenken deutlich geringer. Und die rückte nun sehr schnell sehr nahe.

Drei Tage später schon kam Post aus Dänemark. Man hatte die Unterlagen geprüft und genehmigt und den Hochzeitstermin auf den Freitag der übernächsten Woche festgesetzt; ganz entsprechend dem geäußerten Wunsch auf einen schnellstmöglichen Termin. Am davor liegenden Wochenende spätestens wurde die Anreise empfohlen, weil man sich zumindest von Montag bis Freitag in der Gemeinde aufhalten und diesen Aufenthalt auch nachweisen müsse, am besten über eine Hotelrechnung. Dann hatten sie also noch eine gute Woche für die Reisevorbereitungen. Dazu gehörten auch die Trauringe. Also gleich ab in die City und möglichst gleich einkaufen oder zumindest den Auftrag erteilen. Armin, in bester Stimmung, überraschte Maribel mit einem besonderen Angebot: "Ich war ja schon drei Mal verheiratet, du noch nie. Logisch, dass die bevorstehende Hochzeit für dich was Besonderes ist, jedenfalls mehr als für mich. Was sich jetzt selbstverständlich nicht auf die Wichtigkeit bezieht, lediglich auf die Routine, wenn ich es mal so salopp ausdrücken darf. Deshalb will ich die Auswahl der Ringe grundsätzlich dir überlassen. Du suchst also nach deinem ganz persönlichen Geschmack aus, und ich werde deine Wahl akzeptieren. Nur eine Bitte muss ich äußern: Vergleiche bitte die Preise und wähle gut, aber preiswert - und diesmal bitte nicht in der teuersten Preislage. Was du jetzt zu viel ausgibst, wird uns automatisch bald an anderen Stellen fehlen. Es muss nicht das Billigste sein. Aber ich meine, so in der Preislage um die 500 Euro oder auch etwas darüber liegen wir sehr gut. Dies als kleinen Anhaltspunkt; entscheiden aber wirst du. Dann wollen wir mal los. Du kannst dir auch viel Zeit nehmen. Ich werde geduldig warten, bis du gewählt hast."

Ein ausgedehnter Orientierungsbummel wurde es nicht. Bereits die exklusiven Auslagen des ersten in Augenschein genommenen Juwelierladens faszinierten Maribel derart, dass sie den etwas sich sträubenden Armin förmlich am Ärmel hinein zog. Nach der in etwa gewünschten Preisklasse gefragt, meinte Armin: "Konkrete Vorstellungen haben wir noch nicht. Wir möchten uns erst einmal orientieren und dann entscheiden." Die Verkäuferin nutzte die Chance und stellte gleich zu Beginn eine Auswahl aus der, wie Armin es einschätzte, gehobenen mittleren Preislage vor das Paar. War es ein Fehler, dass Armin dem besonderen Anlass entsprechend einen seiner besten Anzüge angelegt hatte? Diese optische Erscheinung, Armins gute Konversationsfähigkeit mit dieser wie immer in der Öffentlichkeit außerordentlich schicken Exotin an seiner Seite mussten ja den Eindruck erwecken, dass der Preis bei diesem Paar nicht die entscheidende Rolle spielte. Und Maribel ging der Verkaufs-Strategin spontan auf den Leim. Weißgold interessierte sie absolut nicht. Dieses Material setzte sie optisch mit Silber gleich. Und Schmuckstücke aus Silber waren auf Kuba nicht sehr hoch angesehen, wurden von Menschen getragen, die sich Gold nicht leisten konnten. Gold musste es unbedingt sein - und der Goldanteil hoch liegen. Armins Einwand, ein hoher Goldanteil mache den Ring besonders weich, nahm sie nicht zur Kenntnis. Ein hoher Goldanteil - und dazu auch noch diamantenbesetzt, das wäre der Clou. Bei dieser Spitzenqualität interessierte sie der Preis noch nicht einmal am Rande. Schließlich hatte Armin ihr ja die Entscheidung überlassen. Und der bewertete dieses sein Wort höher als seine erheblichen Bedenken hinsichtlich einer unnötig hohen Ausgabe, die sie sich eigentlich nicht leisten konnten, zumindest in der Höhe, in welche Maribel tendierte, nicht leisten sollten. Noch ging er ja auch davon aus, dass sie sich noch mit weiteren Angeboten beschäftigten, bevor die Entscheidung fiele. Bei einer Tasse Kaffee wollte er mit seiner Partnerin noch einmal in aller Ruhe über alles reden.

Die jedoch hatte sich bereits entschieden. Ein Ringpaar, der ihre einen Diamanten enthaltend, zum Preis von über 1.300 Euro sollte, ja musste es sein. "Eine einmalige Angelegenheit zu einem einmaligen Anlass, es wird ja hoffentlich auch deine letzte Hochzeit sein", meinte sie sehr bestimmend zu Armin, "bitte tue mir diesen Gefallen und lass uns lieber bei anderen Dingen sparen. Du hasst es mir ja auch versprochen." Damit war Armin entwaffnet. Eine Szene im Juwelierladen wollte er nicht riskieren. Für eine ausführliche Unterredung war nicht die Gelegenheit. Und sollte er etwa über eine Weigerung bei Maribel den Eindruck erwecken, sie sei ihm eine solche Ausgabe nicht wert? Die beiden Frauen hatten ihn überlistet. Widerwillig öffnete er die Brieftasche, um die Anzahlung zu leisten. Die Größen wurden genommen, in drei Tagen seien die Ringe abholbereit. Neben der Größenanpassung sollten die Namen eingraviert werden, das Hochzeitsdatum zunächst noch nicht. Diese Gravur wäre nach der Hochzeit gratis anzubringen; zumindest theoretisch konnte ja, da der Ort des Geschehens sehr weit weg lag, immer noch etwas dazwischen kommen. Hand in Hand, Maribel verzückt in Hochstimmung, Armin deutlich bedrückt, verließen sie den exklusiven Laden.

Im Café, wo er sich unbedingt vom Schreck erholen musste, wurde er dann sehr bestimmt: "Mein Schatz, ich habe mein Wort gehalten und dir deinen Wunsch erfüllt. Viel Ahnung in Schmuckdingen habe ich nicht. Aber sicher bin ich mir, dass wir mindestens die Hälfte des wuchtigen Preises sinnlos ausgaben und dass an anderer Stelle eine ganz ähnliche Qualität und in gleicher Optik, auch mit Diamant, leicht für den halben Betrag erhältlich gewesen wäre. Derart das Geld buchstäblich zum Fenster hinaus zu werfen, können wir uns nicht leisten, darüber brauchen wir nicht zu diskutieren. Die mindestens 600 Euro werden wir nun an anderen Stellen einsparen. Einen Kneipenbesuch wird es heute nicht geben, und auch essen werden wir außer Haus nichts. Einen hübschen Hochzeitsdress für dich kaufen wir natürlich noch - ich werde in meinem dunklen Anzug heiraten, den ich noch von meiner letzten Hochzeit besitze. Weitere Klamottenkäufe kommen dann in den nächsten Wochen nicht mehr in Betracht. Und Dein Hochzeits-Outfit kaufen wir nicht in einer Boutique, sondern bei C & A."

So - das hatte raus gemusst. Nun fühlte sich Armin wieder besser. Er zahlte, während Maribel sich zur Toilette begab; anschließend ging es gemeinsam in Richtung C & A. Dort brauchte er nicht krampfhaft auf den Preis zu achten - nur einmal verweigerte er sich mit den Worten: "Es geht auch deutlich billiger, bitte suche etwas weiter." Maribel hatte erkannt, dass sie zumindest an diesem Tag ein ihr gesetztes Limit nicht mehr überschreiten konnte. Weil sie sich ohne Gegenargumente fügte, war Armin dann auch rasch der Meinung, sich hinreichend konsequent gegeben und durchgesetzt zu haben und somit wieder zum rücksichtsvollen und gut gelaunten Verhalten überzugehen. Vor dem Geschäft umarmte er seine chaotische Kubanerin und gab ihr einen dicken Kuss. Doch seine nun wieder gute Laune sollte einige Tage später den nächsten deutlichen Dämpfer erhalten und das dringende Verlangen nach einem sehr langen Waldspaziergang ohne Begleitung auslösen. Zu Hause verabschiedete sich Armin auch an diesem Tag auf seinen 'philosophischen Waldspaziergang', während Maribel sich um den Haushalt kümmern, das A-bendessen vorbereiten und auch schon einmal damit beginnen wollte, die Dinge für die nun doch bald bevorstehende Reise nach Dänemark vorzubereiten, wie von ihrem Partner angeregt. Zudem hatte er ihr auch seinen Sprachlehrgang bereit gelegt.

Gut gelaunt kehrte er bereits nach wenig mehr als einer Stunde zurück, bereits erwartet von Maribel ..... - in ihrem 'schlampigen Trainingsanzug', das wunderschöne Haar schlicht zu einem nicht gerade netten Knoten zusammen gesteckt. Womit sich das nächs-te Gesprächsthema auftat: "Schau mal, Maribel: Ich finde, dass in einer Partnerschaft es jeder als selbstverständlich ansehen sollte, stets möglichst attraktiv für den anderen zu sein, was sich auch in einer vorteilhaften Kleidung ausdrückt. Natürlich wird man keine Dreckarbeit im schicken Ausgeh-Outfit erledigen. Aber mit Schmutz verbundene Arbeit lag für dich nicht an. Mich freut es immer, eine attraktive Maribel vor mir zu haben, am liebsten auch mit losem Haar, was dir ja so fantastisch steht. Für die schlampi-gen Klamotten, in denen du gerade steckst, kann ich keinen An-lass entdecken. Ich hätte es als sehr angenehm empfunden, wenn du die hübsche Kleidung vom Tage anbehalten hättest - wie ich ja auch." Auf den Einwand "aber ich möchte die schicke Kleidung schonen für die passenden Anlässe" kamen die weiteren Erklä-rungen: "Ich kann diese deine Einstellung prinzipiell schon ver-stehen. Doch liegen hier die Dinge etwas anders, als du es von zu Hause gewohnt bist. Wenn du dir auf Kuba beispielsweise eine Jeans kaufst, ist das beinahe eine Anschaffung für's Leben, schwer erhältlich und teuer. Entsprechend behutsam gehst du damit um, was für andere schicke Kleidung ebenso gilt. Hier aber gibt es sämtliche Kleidung im Überfluss zu sehr niedrigen Prei-sen. Dazu ändert sich die Mode ständig. Es ist nicht üblich und auch absolut nicht nötig, ein hübsches Kleid für die nächsten zehn Jahre oder mehr anzuschaffen. Ein Kleidungsstück ist ein Gebrauchsartikel, den man auch benutzt und nicht im Schrank verschimmeln lässt. Wenn du die Wohnung putzt, ziehe ruhig alte oder auch die ältesten Klamotten dazu an. Aber bist du fertig mit deiner Drecksarbeit, wäre es sehr nett, dich wieder schick zu machen. Und hast du in der Küche zu tun, gibt's dafür ja schließlich Schürzen. Was meinst du?" Eine uneingeschränkte Zustimmung erntete Armin auf seine Vorschläge und Bitten nicht, doch wollte sich Maribel künftig etwas mehr bemühen. Ihre Einstellung, nur in der Öffentlichkeit müsse man schick sein, während man zu Hause seine Klamotten schone, sollten noch etwas die Worte korrigieren: "Aber wenn du zu Hause ständig in den selben Arbeitsklamotten steckst, ob hässlich oder nicht, verschleißen die ja schließlich auch und müssen entsprechend ersetzt werden. Die preislichen Unterschiede zwischen einer hässlichen Trainings- und einer schicken Jeanshose oder einem schlampigen T-Shirt und einer hübschen Bluse fallen kaum ins Gewicht. Wenn man also preislich kaum unterschiedliche Kleidungsstücke aufträgt, ist es doch sehr viel logischer, hübsche Stücke anzulegen als hässliche. Das wahre Leben spielt sich nicht in der Öffentlichkeit ab, für mich auch nicht mit einer hochrepräsentablen Frau wie dir, sondern überwiegend zu Hause. Und ich finde, man sollte auch oder gerade dort schick sein, wo man sich überwiegend aufhält. Aber beenden wir dieses Thema bitte. Schließlich brauchst du ja auch in dieser Richtung etwas Zeit, dich umzugewöhnen." Damit war wieder alles klar - und während Armin sich die Nachrichtensendung im Fernsehen ansah, schmökerte Maribel schon einmal etwas im Sprachlehrgang - allerdings bei nur begrenztem Interesse und deshalb auch nicht sehr lange. Bei den anschließenden täglichen Intimitäten liefen diese ab wie gewohnt: Lust und Leidenschaft kamen bei beiden auf, auch Armin war normal erregt - und als es zur Sache gehen sollte, musste er an Celi denken, und vorbei war's; Zunge und Finger erledigten bei Maribel das, wozu der ganze Kerl nicht imstande war. Maribel geriet in Ekstase und erlebte einen angenehmen Orgasmus, war aber doch wieder einmal enttäuscht.

Hochzeitsreise nach Dänemark

Der Koffer war gepackt, das Auto reisefertig. Nach einer am frühen Abend beginnenden kurzen Schlafphase sollte es in der Nacht losgehen. Zuvor sollten noch einige Kleinigkeiten für die Reise eingekauft und dabei auch ein Internet-Café aufgesucht werden, um die letzten Posteingänge im elektronischen Briefkasten zu sichten wie auch ein 'Abschieds-Mail' Maribels nach Kuba zu versenden. Internet-Cafés waren übrigens auf Kuba nicht üblich, Privatpersonen verfügten nur selten über Telefonanschluss und so gut wie nie über Internet-Zugang. Jedoch war eine Freundin Maribels auf einer Behörde beschäftigt und konnte auf ihrer Arbeitsstelle die elektronische Korrespondenz für sie abwickeln. Zwangsläufig bekam sie so jedes ausgetauschte Wort unmittelbar mit. Telefongespräche von Deutschland nach Kuba waren ungewöhnlich teuer und in umgekehrter Richtung aus Kostengründen überhaupt nicht möglich. Sie sollten daher nur ein- bis zweimal im Monat erfolgen und auf maximal eine halbe Stunde begrenzt werden, was ohne Armins aktives Einschalten übrigens nie funktionierte. Deshalb sollte die Kommunikation hauptsächlich via Emails erfolgen.

Vor dem Computer saß das Paar gemeinsam - allein schon, weil Armin ständig assistieren musste. Gegen sein Mitlesen hatte Maribel keine Einwände. Als er das für sie bestimmte Mail öffnete, stellte er fest, dass die auf die umständliche Reise geschickten 500 Euro bereits ankamen und in Höhe von ungefähr 600 US-Dollar ausgezahlt wurden. Das ging also rasch und war insofern eine angenehme Überraschung. Was Armin dann aber lesen musste, verschlug ihm fast den Atem. Maribels Sohn Jorge hatte 100 Dollar erhalten und würde sich davon eine Jeans und daneben noch ein paar Artikel für die Schule kaufen. 100 Dollar waren auch der Mutter zugedacht, welche davon in erster Linie die Reparatur ihres Kühlschranks bezahlen wolle. Und die übrigen 400 Dollar wurden auf mehrere Personen aufgeteilt, deren Namen und Stellung zu Maribel die ihrem Armin erst einmal zu erläutern hatte; denn der hatte die meisten Namen noch nie vernommen.

"Was ist denn das?", entfuhr es ihm, "ich dachte, das Geld sei für deinen Sohn und deine Mutter bestimmt gewesen, hauptsächlich zum Lebensunterhalt während der nächsten etwa drei Monate. Und nun muss ich lesen, dass ich mit diesem nicht gerade kleinen Betrag deine gesamte Verwandtschaft und Bekanntschaft alimentiert habe.

"Tja, so läuft das halt auf Kuba", war die beinahe schnippische kurze Antwort, "dann müssen wir halt bald nochmals eine Überweisung machen." "Was du jetzt aber garantiert vergessen kannst. Das Geld dazu ist schlicht und einfach nicht vorhanden, auch wenn ich zu solcher Überweisung bereit wäre; damit hast du ja gerade erst viel zu teure Trauringe gekauft. Irgendwann ist jede Rücklage aufgebraucht. Wenn wir aus Dänemark zurück kommen, ist von der unseren nichts mehr vorhanden. Und wie bescheiden das derzeitige Einkommen über mein Arbeitslosengeld ist, weißt du ja - und auch, das wir dieses Geld für unseren Lebensunterhalt brauchen." "Ich werde mir nach der Hochzeit und dem Erhalt der Arbeitsgenehmigung Arbeit suchen", versuchte Maribel zu beschwichtigen, um jedoch einen Dämpfer zu erhalten über Armins Hinweis: "Was aber ohne Sprachkenntnisse kaum gelingen dürfte. Ich werde dich aber dabei gern unterstützen, indem ich immer weniger Spanisch und mehr Deutsch mit dir rede. Besonders scheint es mir angebracht, in belanglosen Gesprächen mit anderen generell nicht mehr zu übersetzen, nur noch in wichtigen Dingen." Die Stimmung war damit deutlich getrübt und Maribel zum ersten Mal auch wirklich eingeschnappt. Erstmals auch wurde nicht engumschlungen geschlafen - und die lange Reise nach Dänemark verlief alles andere als amüsant oder in Bestlaune, sondern überwiegend schweigsam.

Sehr viel nachzudenken hatten beide, weshalb auf der Fahrt nur wenig gesprochen wurde. Unterbrechungen im intensiven Schweigen gab es hauptsächlich nur während der alle zwei bis drei Stunden eingelegten Kaffee-Stops. Denn man motzte ja schließlich nicht miteinander, jedenfalls nicht direkt, sondern war halt nur besonders nachdenklich. Und erste ernsthafte Zweifel an der Partnerwahl und Heiratsabsicht stellten sich gewiss nicht einseitig ein. Eine Korrektur erfolgte jedoch nicht, stattdessen ein kurzes Statement in Flensburg beim Frühstück, dass man halt erst zusammenwachsen und sich beidseitig immer wieder sehr, sehr anstrengen müsse. Die Situation sei nun einmal unveränderlich so, dass das wirkliche Kennenlernen erst nach und nach im Anschluss an die Heirat erfolgen könne. "Und muss", schloss Maribel die einsichtige Verständigung ab. Beim Überfahren der dänischen Grenze war dann auch alles wieder weitgehend in Ordnung bei einem Gesprächsaufkommen mit deutlich steigender Tendenz.

Der Grenzbeamte hatte sie zwar durchwinken wollen, selbstverständlich bei einem deutschen Nummernschild. Doch Armin hielt an und erbat mit Hinweis auf die beabsichtigte Heirat gemäß dänischer Vorschrift für diesen Fall einen Einreisestempel in Maribels Reisepass, was dann auch anstandslos und ohne weiteres Nachfragen prompt erledigt wurde. Armin fiel auf, dass am hellen und ungetrübten Tag alle Autos mit eingeschaltetem Abblendlicht unterwegs waren und er immer mal wieder von entgegenkommenden Fahrern die Lichtpupe zu sehen bekam. "Das kann ja wohl nur eines bedeuten", meinte er zu Maribel, die ihn daraufhin fragend ansah: "Hier in Dänemark ist es wohl Vorschrift, auch am Tage beim Fahren das Licht einzuschalten. Als auch er dies getan hatte, war es vorüber mit den 'freundlichen Begrüßungen' durch die anderen Fahrer.

Nach nicht einmal einer Stunde waren sie in ihrem Zielort *Tønder* angekommen, einer hübschen und sauberen wie auch ruhigen Kleinstadt, dominiert durch das relativ große Rathaus am Rande des beschaulichen Zentrums. "Schau mal, unsere Hochzeits-Fabrik", mit diesen Worten steuerte Armin den Parkplatz hinter dem modernen Gebäude an. Er ging um den Wagen, öffnete Maribel die Tür, ließ sie bei sich einhaken und begab sich mit ihr zur Anmeldung.

Noch einmal wurden sie daran erinnert, dass sie bitte unbedingt von diesem Montag an bis zum kommenden Freitag in der Stadt zu bleiben und zum Hochzeitstermin eine Hotelquittung vorzulegen hatten. Dann ging es zur Kasse - und nach Begleichung der amtlichen Gebühren von umgerechnet etwas über 100 Euro konnte man in die Urlaubswoche starten und sich nach einer passenden Unterkunft umsehen. Den Wagen ließen sie auf dem amtlichen Parkplatz gleich stehen, um das überschaubare Städtchen zu Fuß zu durchschlendern. "Langweilig, nichts los", kommentierte Maribel schon nach wenigen Minuten, doch Armin meinte: "Ich finde es aber gemütlich und nett hier, machen wir uns doch mal eine geruhsame Woche. Das Meer, die Nordsee, ist auch nicht weit. Da gibt es die Gezeiten, anders als auf Kuba mit meterhohen Unterschieden des Wasserstandes, also bestimmt nicht uninteressant für dich. Während der Ebbe kannst du trockenen Fußes durch die Gegend laufen - und bei Flut kreuzen an denselben Stellen Schiffe. Am Nachmittag oder morgen fahren wir mal hin." Maribel schaute Armin mit zweifelndem Blick an und konnte das Unglaubliche kaum erwarten.

Sie entschieden sich zum preiswerten Einquartieren in einem Motel für 70 Euro im Doppelzimmer mit Frühstück. Beim Auspacken der Koffer fragte Maribel, ob die Dänen prüde seien. Als Armin verneinte, nahm sie eine bei C & A gekaufte durchsichtige Bluse hervor und meinte: "Für meinen Armin ohne BH, soll ich?" "Aber natürlich, ich bin begeistert", reagierte der überrascht; denn die Bluse hatte sie auch schon daheim bei einem Kneipenbesuch getragen, allerdings noch mit weißem T-Shirt darunter. "Ich muss dich ja mal so langsam auf Touren bringen", mit diesen leicht provozierenden Worten begab sie sich ins Bad. Und Armin konnte es kaum noch erwarten, bis sie es fertig gestylt wieder verließ. Mit "atemberaubend, super und nicht ohne Wirkung" umarmte er sie, führte ihre Hand an seinen Schritt, um sie von der spontanen Wirkung zu überzeugen und die Tür nach dem Durchschreiten von außen abzuschließen, "auf in einen heißen Nachmittag." Maribel war auf dem besten Weg, es ihm beträchtlich zu erleichtern, über den Verlust von Celi endlich hinweg zu kommen. "Das sehe ich auch so", meinte sie, "und deshalb werde ich hier während unserer Hochzeitswoche nur solche Sexy-Kleidung tragen. Morgen ziehe ich die Wickelbluse an, natürlich ohne BH und locker gebunden mit Einblicken, die dich so richtig aufbauen sollen. Ich arbeite auf unsere Hochzeitsnacht hin." Mit diesen tollen Aussichten betraten sie etwas später nach dem Besuch einer Eisdiele eine kleine Boutique, in deren Schaufenster Maribel auf einen schicken knappen Bolero aufmerksam geworden war, der keine Knöpfe zum Verschließen hatte, weshalb die Schaufensterpuppe auch eine Bluse darunter trug. Doch Maribel befand: "Den kann man aber auch ohne Bluse tragen - und das will ich für meinen Armin selbstverständlich gern tun." Obwohl sie ja eigentlich vorerst keine weiteren Klamotten mehr kaufen wollten, tat Armin diese kleine Investition nicht im Geringsten leid.

"Mit solchen Anschaffungen darfst du mir ruhig noch öfter kommen", äußerte er sich beim Verlassen des Geschäftes. "Das sind kleine Investitionen in eine sehr prickelnde Zukunft. Bei der Gelegenheit möchte ich weiter vorschlagen, dass du deine BHs künftig ruhig schonen und nur noch zur Benutzung in Ausnahmefällen wegpacken solltest, was du dir bei deinem hübschen und nicht zu großen Busen locker erlauben kannst." "Si, vamos", war Maribel sofort einverstanden, "ab sofort gibt es für Armin sehr viel braune Haut." Mit diesen faszinierenden Aussichten verging Armin die Lust am Autofahren, weil er ja dabei schließlich seine wundervolle braune Haut nicht genügend betrachten könne. Wenn sie irgendwo einkehrten, war es ihm bislang immer wichtig gewesen, neben Maribel Platz zu nehmen, um sie ständig im Arm zu haben. Doch unter den neuen Aspekten war er nun auch höchst interessiert daran, sich ihr gegenüber zu setzen.

Und doch musste Armin beim weiteren Schlendern engumschlungen durch Tønder wieder an Celi denken und vergleichen: Konnte er sich Celi in solcher Aufmachung vorstellen? Von der Figur her gewiss. Aber überhaupt nicht von ihrem Wesen her. Ja, eindeutig: Celi war für ihn noch schöner als die zauberhafte Maribel. Aber sie brauchte überhaupt keine aufreizende Kleidung, um ihn sexuell zu stimulieren. Und solche Aufmachung würde auch überhaupt nicht zu ihr passen - ganz abgesehen davon, dass

Celi ein solches Outfit niemals tragen würde. Es handelte sich einfach um zwei völlig unterschiedliche Typen von Frauen - und ebenso unterschiedliche Gefühlswelten. Zu Maribel war eine Art körperlicher Liebe am Entstehen, auch wenn er bei diesem Körperlichen momentan noch einen gewaltigen Bremsklotz zu überwinden hatte. Deshalb auch hatte die Optik für ihn eine derart wichtige Bedeutung. Bei Celi hingegen würde er nichts Abstoßendes empfinden, wenn sie Maribels schlampigen Trainingsanzug trüge oder sich in andere Lumpen hüllte. Sie allein als Frau und Mensch war wichtig für ihn und nicht ihre optische Erscheinung. Auch mit einer Figur, wie er sie spätestens in ein paar Jahren Maribel prognostizierte, wenn sie ihre Ernährungsweise nicht umstellte, würde er bei Celi nicht die geringsten Probleme haben. Wenn sich aber Maribel in diese Richtung entwickele, dürfte die gemeinsame Zeit begrenzt sein. Dies wurde Armin sehr deutlich bewusst angesichts der aktuell äußerst sexy Maribel. Und weil die Entwicklung sehr wahrscheinlich in diese Richtung ginge, wollte er die bis dahin verbleibende Zeit möglichst intensiv nutzen. Sehr klar war ihm auch, dass die große Liebe, die er für Celi empfand, sich Maribel gegenüber niemals einstellen könne. An Maribel liebte er ganz einfach ihren Körper. Das war so, brauchte sich nicht zu ändern und war auch zu dem angestrebten Therapieerfolg nicht von Bedeutung. Ein etwas schlechtes Gewissen ihr gegenüber baute sich in Armin schon auf, jedoch waren die Dinge einfach nicht zu ändern, weshalb er aus allem das Beste machen wollte. Und da es Maribel offensichtlich große Freude bereitete, ihre hübsche Haut nicht nur ihm zu präsentieren, möge sie es getrost tun.

Am nächsten Morgen sollte es nach dem Frühstück zur Nordseeküste gehen. "Wickelbluse oder Bolero?", fragte Maribel nach dem Badbesuch. Armin bevorzugte den Bolero, und sie zog ihn an über einen kurzen Minirock. Und spontan regte sich wieder Leben in Armins Schritt. Stand Maribel still und bewegte sich nicht, bedeckte der Bolero zwar nur knapp, aber gerade noch züchtig die Brustwarzen. Bei der geringsten Bewegung jedoch kamen diese zum Vorschein. Und wenn sie sich an ihn kuschelte, lag zumindest eine Brust vollkommen frei. Noch befanden sie sich ja auf ihrem Zimmer. Würde Maribel auch in der Öffentlichkeit so mit ihm kuscheln? Sie würde, wenn er nichts dagegen hätte, gab sie locker zu erkennen. Begeistert und fasziniert verschob Armin das Frühstück noch etwas, um sich seiner Maribel zärtlich zu widmen. Als er ihr den Slip abstreifte, nahm sie ihn und warf ihn in Richtung Kleiderschrank mit den Worten: "Den brauche ich heute auch nicht mehr." Ob Armin einverstanden war, fragte sie erst gar nicht. Sie war sich seiner Zustimmung und Begeisterung sicher, womit sie sich nicht im Geringsten irrte. Als der an ihre erste Begegnung dachte, musste er schmunzeln. Maribel hatte diesen ersten negativen Eindruck und das, was er dabei empfand, zwischenzeitlich mehr als ausgeglichen.

Es wurde ein für beide sehr prickelnder Tag mit besonders vielen Zärtlichkeiten. Maribel war zuversichtlich, nun endlich Armins Blockade gebrochen zu haben; denn fast ununterbrochen hatte der unter Strom gestanden. Nach einem kurzen Abendessen in Tønder begab man sich schon zeitig auf's Motelzimmer, um den Druck abzubauen. Und dennoch: Kurz vor dem gemeinsamen Höhepunkt versagte Armin wie gehabt. Damit war Maribel maßlos enttäuscht und eindeutig überfordert. "Ich glaube, wir sollten nicht heiraten", entfuhr es ihr. "Ich möchte zu meiner Schwester. Du liegst mit mir im Bett und denkst ständig an die andere. Alles tue ich für dich. Doch so sehr ich mich auch anstrenge, ändert sich bei dir nichts. Meine Geduld ist erschöpft. Nimm dein letztes Geld und fliege nach Mexiko." Als sie in ihrer Erregung wütend ein Glas zu Boden warf, fand es Armin an der Zeit, mal wieder zu einem seiner in solchen Fällen obligatorischen Spaziergänge aufzubrechen. Nicht nur er wollte nachdenken; auch Maribel brauchte eine angemessene Denkphase, um sich wieder zu beruhigen. Zu verstehen waren ihre Reaktionen. Weil es diesmal aber besonders heftig wurde und auch erstmals offen die Hochzeit in Frage gestellt, es zudem auch noch früh am Abend war, sollte ihr mehr Beruhigungszeit zur Verfügung stehen als sonst. Deshalb kehrte Armin nach seinem Spaziergang noch nicht zurück, sondern in einem Bistro ein. Nach vier Flaschen Bier war er der Meinung, dass es nun reiche und die aktuelle Stimmungslage zu überprüfen sei.

Mit "disculpa por favor" (entschuldige bitte) wurde er von Maribel zurückhaltend empfangen. "Es gibt nichts zu entschuldigen, deine wütende Reaktion ist verständlich. Und wenn du der Meinung bist, wir sollten die Hochzeit abblasen, bin ich einverstanden. Vielleicht aber hast du mit diesen Worten auch nur taktiert oder sie sind dir in deiner verständlichen Erregung entglitten. Wenn dem so ist, schlage ich vor, dass wir die Auseinandersetzung ganz einfach vergessen. Möchtest du deine Schwester anrufen und deine Rückkehr ankündigen?" Maribel schwieg zunächst und schien nachdenklich. Als Armin dann jedoch ihre Hand nahm, um geduldig auf eine Antwort zu warten, sprach sie die erlösenden Worte: "Nein, das ist eine Sache zwischen uns beiden und geht meine Schwester ebenso wenig an wie sonst jemanden. Mir tut das Nachdenken allein genau so gut wie dir. Und wenn du mich noch willst, werde ich dich am Freitag heiraten. Nur ob ich mich morgen wieder sexy anziehen will, weiß ich momentan noch nicht." "Natürlich heiraten wir. Auch an meiner Absicht hat sich noch nichts geändert. Und natürlich habe ich auch dir gegenüber ein schlechtes Gewissen wegen meiner ständigen Gedanken an Celi. Die jedoch schon gewaltig abgenommen haben. Wenn das so weiter geht, scheint mir der Tag nahe, an dem ich keine sexuellen Probleme mehr haben werde. Dass du mir mit einer Aufmachung und einem Verhalten wie heute viel helfen kannst, haben wir beide ja deutlich erfahren. Trotzdem: Möchtest du dich morgen normal kleiden, werde ich dir das auch nicht verübeln. Übermorgen ist ja auch noch ein Tag - und danach steht ja dann unsere Hochzeit an."

Nach einer weiteren kurzen Denkphase entschied sich Maribel: "Am Vormittag werde ich mich normal anziehen, weil wir dann ja wohl wieder im Freien irgendwo unterwegs sind und es morgens noch etwas kühl ist. Aber für den Nachmittag und Abend ziehe ich mich dann wieder um. Diesmal die Wickelbluse?" "Warum nicht?", reagierte Armin erleichtert. "Würdest du die Bluse jetzt mal probeweise anziehen? Ich habe sie ja schließlich noch nicht an dir gesehen und bin natürlich sehr gespannt, was damit auf mich zukommt." Als Maribel ohne Zögern seinen Wunsch erfüllte, bedeutete dies das klare Zeichen für Armin, dass die Wogen nun wieder vollständig geglättet waren. Armin nahm sie in den Arm mit den Worten: "Naja, begrenzt sexy, deutlich weniger als der Bolero heute." Doch Maribel hatte eine Idee: "Ich könnte sie ja vorn leicht einschlagen und innen etwas anheften. Warte mal, ich zeig's dir." Mit drei Sicherheitsnadeln brachte sie die begrenzt sexy Bluse in die gewünschte Form, schloss sie mit einer lockeren Bindung und zeigte damit ebenso viel Haut wie mit ihrem Bolero, auch bereits ohne Bewegungen. Deshalb fragte sie: "Oder soll ich etwas weniger einschlagen, damit die Brustwarzen wenigstens etwas bedeckt sind?" Armin überließ ihr die Entscheidung, womit Maribel nach einer längeren Betrachtung im Spiegel befand: "Bueno, so wie sie ist. Genau so, wie bei manchen Modenschauen im Fernsehen. Zeige ich halt Armin und den Dänen noch etwas mehr Busen. Vielleicht funktioniert der kleine Armin dann morgen im Bett. Falls nicht, werde ich übermorgen halt gar nichts anziehen, nur noch eine Kette tragen." "Genau so machen wir's. Aber ich fände es doch etwas schade, wenn wir das Zimmer dann nicht mehr verlassen könnten. Wenigstens etwas sollen doch auch die Dänen zu sehen bekommen." Und mit dieser scherzhaften Antwort waren dann beide wieder allerbester Laune.

Unter der Wickelbluse trug Maribel diesmal Jeans und darunter bequeme Turnschuhe und auch wieder einen Slip; ohne hätte unter einer Hose ja schließlich wenig Sinn ergeben. Da die Jeans aber sehr eng waren, kamen die Folgen ihrer Essgewohnheiten über dem Gürtel bereits deutlich zum Vorschein, was sich optisch nicht ganz so gut machte, auch die Wirkung ihrer heißen Bluse etwas reduzierte. "Lass uns bitte zurück zum Motel, damit ich einen Rock anziehe - und dann auch gern wieder ohne Slip", bat sie, womit Armin sehr einverstanden war.

Doch so sehr sich Maribel auch anstrengte, der letzte gewünsch-te Effekt war einfach nicht zu erzielen. Also mussten sie zur Tat vor dem Traualtar schreiten, ohne dass es sexuell zwischen ihnen bereits harmonierte. Zuvor aber war noch die Fahrt zum Blumen-laden angesagt, denn zur Hochzeit gehörte natürlich ein dicker Strauß roter Rosen. Mit etwas mehr als 50 Euro fühlte sich Armin schon etwas abgezockt. Für vergleichbare Arrangements hatte er in Deutschland noch nie mehr als 20 Euro bezahlt. Aber was soll's. Schließlich war die Ausgabe alternativlos nötig und befand sich hier ja auch die Hochzeits-Industrie, welcher sich der einzige Blumenladen am Ort ebenso wie die Hotels und Pensionen gut angepasst hatte und wovon alle gebührend profitieren wollten.

Der wichtigste Tag im Leben,
für Armin einer von mehreren wichtigen

Den Blumenladen verließen Sie gegen zehn Uhr, der Trauertermin war für elf Uhr anberaumt. Maribel schlug vor, die Zeit für einem Anruf bei der Konsularabteilung ihrer Botschaft in Bonn zu nutzen. Vielleicht wäre schon ein Termin am Montag möglich, womit sie ja dann dies gleich mit erledigen und eine Extra-Fahrt nach Bonn einsparen könnten. Armin fand dies eine sehr gute Idee, war jedoch überrascht von den bislang kaum gekannten kalkulatorischen Fähigkeiten seiner Maribel, wenngleich auch beim Funktionieren ihres Vorhabens zumindest eine weitere Hotelübernachtung anfiele, die den finanziellen Vorteil einer eingesparten Fahrt wieder aufhob. Doch sie holte ihn zugleich wieder zurück auf den Boden der Tatsachen. Denn sie trieb nicht die Sorge um's Geld an, sondern die knappe Zeit und das unbedingte Erfordernis, sich ihren hochzeitsbedingten Auslandsaufenthalt durch Castros Bürokratie teuer genehmigen zu lassen. Dennoch fuhr er sie gut gelaunt zu einer öffentlichen Telefonzelle. Von der Bezahlung ihrer amtlichen Gebühren hatten sie noch genügend Münzen übrig behalten. Denn obwohl Dänemark den Euro noch nicht eingeführt hatte, war der als Zahlungsmittel überall sehr beliebt wie anderswo in eurofreien Ländern und zumindest hier im Grenzgebiet sogar die heimliche Hauptwährung, weshalb sie keine Kronen eintauschen brauchten.

Das Vorhaben funktionierte überraschenderweise. Die Botschaft gewährte einen Termin für Montag zehn Uhr. Diesmal wollte man nicht über Flensburg zurück fahren, sondern über Hamburg mit dem Erlebnis *Elbtunnel*, sicher in dieser Form einmalig in Maribels bisherigem Leben. Erst aber einmal ab zum Heiraten. Anstatt sich die Zeit in einer Kneipe oder auf einer Parkbank zu vertreiben, könne man diese auch auf dem Amt verbringen und sich so mal die anderen Paare anschauen.

Dänen ließen sich unter ihnen nicht ausmachen. Zumeist handelte es sich um deutsche Männer mit mehr oder weniger exotischen Frauen, nicht selten aber auch osteuropäischer Herkunft. Eine deutsche Frau gab sich zu erkennen, die einen Kroaten heiratete, und eine andere, die sich von einem dunkelhäutigen Afrikaner zum Traualtar führen ließ. Dessen ihrer Haut ähnliche Farbe provozierte Maribel zu der Frage: "Hablas español?" - doch wurde sie enttäuscht, da der Angesprochene nur Englisch sprach. "Tja, Maribel", reagierte Armin etwas belustigt, "Kuba ist ebenso wenig die Welt oder deren Mittelpunkt wie Deutschland. Neben diesen beiden kleinen Ländchen gibt es viele, viele andere mit noch viel mehr anderen Sprachen."

Die meisten Frauen kamen, unschwer erkennbar, aus asiatischen Ländern. Auf eine Brasilianerin stießen sie, mit der sich Maribel sogar etwas verständigen konnte, problemlos sogar mit ihrem Bräutigam, der als weit gereister Globetrotter fließend auch Spanisch sprach. Mit den beiden ergab sich somit eine etwas längere Unterhaltung.

Alle waren aus den gleichen Gründen wie sie zum Heiraten nach Dänemark gekommen. Es funktionierte hier einfach etwas unbürokratischer, womit den Paaren meist sehr viel Zeit erspart wurde. Mit dem portugiesisch-spanisch-sprachigen Paar verabredete man sich zu einem gemeinsamen Mittagessen und insofern interner Feier im kleinen Rahmen mit dem obligatorischen Gläschen Sekt - und dann holte die Standesbeamtin den Bräutigam auch noch als neutralen Übersetzer für Maribel hinzu. Als Trauzeugen bei allen fungierten übrigens zwei städtische Bedienstete. Dies nicht im Hauptberuf, weil ja nur freitags geheiratet und an den übrigen Wochentagen auch noch etwas andere städtische Verwaltungsarbeit erledigt wurde. Die Trauzeremonie war mit Übergabe der mehrsprachigen Trauscheine, natürlich auch auf Spanisch, nach wenigen Minuten erledigt, die Ringe, welche sie auch schon während der vergangenen Tage trugen und für die Zeremonie der Standesbeamtin übergaben, steckten sie sich gegenseitig an - und nach dem kleinen Hochzeitsschmaus traten Maribel und Armin als Ehepaar die Heimreise an. Armin war froh, das nicht gerade billige Dänemark endlich hinter sich gebracht zu haben und deshalb ab sofort wieder ohne überraschende

Sonderausgaben im gewohnten Rahmen vernünftig kalkulieren zu können. Ob er seine frisch angetraute Frau wohl als besonderes Hochzeitsgeschenk in sein kleines Geheimnis, seine heimliche und deutlich größere als die bekannt gewesene Rücklage, einweihen sollte? Bei diesem Gedanken musste er aber zwangsläufig wieder mit Celi vergleichen. Solche oder andere Geheimnisse ihr gegenüber? Unvorstellbar, nie und nimmer. Wozu es auch nicht den geringsten Anlass gäbe. 'Ach, warum konnte ich nicht die rundum perfekte Celi heiraten?' Mit dieser heimlich gedachten Frage entschied sich Armin, zumindest einstweilen sein kleines Geheimnis noch für sich zu behalten. Es sah zwar alles rundum positiv aus, doch vollständig überzeugt war er noch nicht. Erst wollte er noch Maribels Verhalten nach erfolgter Hochzeit und Erledigung der bürokratischen Erfordernisse, hier insbesondere auch dem Erhalt der deutschen Aufenthaltserlaubnis, abwarten.

Ihr Verhalten unmittelbar nach der Hochzeit war sehr vielversprechend. Kurz nach dem Passieren der dänisch-deutschen Grenze bat sie ihn, den nächsten Parkplatz anzufahren: "Die Dänen bekamen ja nun viel kubanische Haut zu sehen. Deshalb sollte auch den Deutschen, zu denen ich ja nun auch irgendwie zähle, ebenso Gutes widerfahren. Aber Quatsch beiseite: Mein Hochzeitsgeschenk, den Rosenstrauß, habe ich ja schon. Nun bist du an der Reihe. Ich denke, dir die größte Freude bereiten zu können, indem ich die Klamotten anziehe, die dich in Dänemark am meisten faszinierten, meinen Bolero und den Minirock. Im Auto möchte ich wegen der Bequemlichkeit dazu Turnschuhe oder auch keine Schuhe tragen, aber wenn wir das Auto verlassen, ziehe ich natürlich die Highheels an. Und auf den Slip wollen wir selbstverständlich verzichten. Immerhin ist heute unser Hochzeitstag mit der folgenden Hochzeitsnacht, worauf ich ja bestmöglich hinarbeiten möchte. Deshalb ließ ich mir auch noch eine kleine zusätzliche Überraschung einfallen. Gehe doch bitte etwas spazieren, während ich mich umziehe." Armin kam dem Wunsch nach und wollte sich gern überraschen lassen. Welche besondere Überraschung würde ihn wohl erwarten?

Als er nach einigen Minuten ungeduldigen Spazierganges zum Auto blickte, stand seine bezaubernde Maribel daneben und winkte ihn zurück. Je näher er kam, umso nervöser wurde er. Der Minirock war ja deutlich kürzer als vor ein paar Tagen. Den konnte sie doch nur heimlich auf dem Motelzimmer umgenäht haben, als er mal in Tønder nachdenklich zum Spaziergang unterwegs war, was insgesamt drei Mal geschah. 'Oh diese Maribel', dachte er, 'die ist doch wirklich immer für eine Überraschung gut, und keineswegs nur der negativen Art.' Als er vor ihr stand, drehte sie sich um. So kurz war das zauberhafte Röckchen geworden, dass die Ansätze der Pobacken darunter deutlich herausschauten, was Maribel locker kommentierte: "Eigentlich ist noch viel weniger zu sehen als bei einem Tanga-Bikini. Nur bewegen oder gar bücken darf ich mich nun nicht mehr." Denn auch in der Vorderansicht war buchstäblich der letzte Millimeter ausgenutzt. Bereits wenn sie die Arme hob wie jetzt, um ihn bestgelaunt zu umarmen, war schon fast alles zu spät. "Ganz wunderbar und sehr, sehr zauberhaft, mein Schatz. Vielen, vielen Dank für deine phantastischen Bemühungen. Allerdings kann ich dich so jetzt wohl nicht einmal mehr allein zur Toilette gehen lassen." Auf diese hocherfreuten Worte Armins meinte sie nur knapp: "Dann musst du halt auf mich aufpassen. Oder soll ich mich umziehen?" "Ich werde dir helfen", konterte Armin in gespielter Erregung, "du lässt gefälligst die Finger von meinem Geschenk, alles bleibt so wie es ist. Ich passe auf mein Geschenk und alles, was drinsteckt, schon gut auf."

Und weiter ging die Fahrt, auf die sich Armin nur noch schwer konzentrieren konnte, zunächst auf Landsstraßen. Die Autobahn war noch ein paar Stunden entfernt. Deshalb bat Maribel bald um eine Rast, weil sie eine Toilette brauche. Man entschied, den nächsten etwas größeren Ort anzufahren, den schönen Tag zum Bummeln zu nutzen und anschließend vielleicht in einer gemütlichen Kneipe noch etwas nachzufeiern. Immerhin war es ihr Hochzeitstag, weshalb Armin nach der ihm zuteil gewordenen nicht gerade kleinen Überraschung auch seiner Maribel noch eine kleine Freude bereiten und entgegen dem gefassten Vorsatz auch etwas Hübsches zum Anziehen kaufen wollte. Gegenüber dem Parkplatz befand sich ein von außen einen guten Eindruck erweckendes Bistro. Während Armin an der Theke zwei Kaffee bestellte, begab sich Maribel zur Toilette, zwar ohne seine Begleitung, doch aufmerksamen Blickes. Denn das Bistro war bereits gut besucht, wie immer und überall hauptsächlich von Männern, unter denen es wohl keinen einzigen gab, der ihr nicht nachblickte. Die Wirtin, eine junge Mulattin von vielleicht um die 30 Jahren, hatte sofort bemerkt, dass Armin Spanisch mit seiner Partnerin sprach, weshalb sie ihn fragte, woher Maribel stamme. "Sie ist Kubanerin, wir haben gerade geheiratet in Dänemark." "Wie auch ich", wurde Armin unterbrochen. "Ist halt viel einfacher als in Deutschland. Auch mein Mann ist Deutscher, spricht auch etwas Spanisch. Er muss übrigens bald von der Arbeit kommen. Dann können wir uns ja zu viert unterhalten." "Super Idee", befand Armin, um gleich wieder unterbrochen zu werden, diesmal von Maribel, die schon von der Toilette zurück war: "Que es super idea?" Doch diesmal brauchte er nicht zu antworten, weil die beiden Frauen sich schon in einem angeregten Gespräch befanden und Maribel sehr begeistert war von dem Vorschlag, hier nicht nur auf die Schnelle einen Kaffee zu trinken, sondern noch länger zu verweilen bei intensiver direkter Kommunikation in ihrer Sprache. "Gut", schlug Armin vor, "aber trink bitte deinen Kaffee und begleite mich dann, ich möchte dir nämlich noch ein Hochzeitsgeschenk kaufen. Hat sie mir nicht ein fantastisches Hochzeitsgeschenk gemacht?" - wandte er sich dann an die Wirtin, wobei er mit der Hand auf Maribels Superfummel deutete. "Eine tolle Frau in einem irren Outfit, Supergeschenk", konnte die Angesprochene nur zustimmen. Dann gab sie noch einen Tipp ab, wo sie Maribels Geschenk einkaufen könnten. Und weil dies gerade mal um die Ecke war, verabschiedeten sich die beiden für etwa eine halbe Stunde - und Armin war sicher, dass seine Frau diesmal eine rasche Kaufentscheidung treffen sowie einer halben Stunde maximal 30 Minuten zugestehen würde. Denn heute war ihr das Palavern sogar wichtiger als neue Klamotten. Schließlich hatte sie ja auch viel zu erzählen.

Rasch hatte sie auch einen ihr gefallenden Hosenanzug gefunden. Zwar tendierte Armin eher in Richtung eines hübschen Kleides, weil er es einfach zu maskulin fand, wenn Frauen fast nur noch in Hosen stecken. Aber einerseits ging es um Maribels Geschenk und andererseits hatte sie heute klamottenmäßig ja bereits sehr viel für ihn getan. Gern sollte sie also ihren Willen haben.

"Donnerwetter, das ging aber schnell", wurden sie bei ihrer Rückkehr von der Wirtin begrüßt, die ihre beiden Plätze an der Theke freigehalten hatte, um dann auf einen hinter der Theke beschäftigten blonden Mann mittleren Alters zu deuten mit den Worten: "Das ist mein Mann Hans. Ich heiße übrigens Rosa." Hans streckte zuerst Maribel die Hand entgegen, die sich mit "soy Maribel - y mi esposo Armin" vorstellte, und dann Armin. "Heißer Fummel, Rosa hat mich schon vorbereitet. Sowas habe ich hier noch nicht gesehen. Finde ich aber irre, und heute gewiss als besondere Attraktion für unsere bescheidene Pinte." Dann holte Hans eine Flasche Sekt hervor mit den Worten: "Rosa erzählte mir, ihr habt gerade geheiratet. Herzlichen Glückwunsch. Und dies ist unser Geschenk für das junge Paar." "Welches wir nun aber zu viert trinken", nahm Maribel dankend an, wobei sie sich über die Theke beugte, um zuerst Rosa und dann Hans freundschaftlich zu umarmen. Und hinter ihnen ging der Jubel los. "Bleib so, das sieht man nicht alle Tage!" - rief ein junger Bursche herüber. "Das möchte ich aber auch gern sehen", meinte Hans und kam hinter seiner Theke hervor. Maribel hatte zwar schon wieder Platz genommen, doch als Armin ihr erklärte, worum es ging, meinte sie: "Otra vez", stand erneut auf und umarmte Rosa noch einmal, diesmal deutlich länger als beim ersten Mal. Es gefiel ihr, so viele bewundernde Blicke auf sich zu ziehen. Mit "eine wahrhaft irre Frau" setzte Hans sich neben Maribel, als die nach vielen begeisterten Zurufen wieder Platz genommen hatte, um mit seinen Spanischkenntnissen zu glänzen. Die neigte sich zu Armin, legte ihren Arm um seinen Hals, wobei zwangsläufig der

Busen komplett hinter dem knappen Bolero zum Vorschein kam und fragte, an sich hinab blickend: "Bueno también?" Natürlich konnte die Antwort nur lauten: "Muy, muy bien", was sie dazu provozierte, den Unterleib noch etwas nach vorn zu schieben und den Rücken entsprechend zurück zu ziehen. Und die ganze Kneipe einschließlich der zwei anwesenden Frauen war begeistert.

Als Armin nach dem Leeren seines Sektglases weiteren Alkohol ablehnte unter dem Hinweis, noch Auto fahren zu müssen, bot Hans an: "Wir haben ein Gästezimmer. Das ist frei und steht euch für die Nacht zur Verfügung. Feiert doch euren tollen Tag. Wir feiern gern mit euch. Warte mal ab. Das wird euch nichts kosten. Uns übrigens auch nicht, ganz im Gegenteil. Ich kenne meine Pappenheimer. Warte mal, was hier noch abgeht. Übrigens brauchst du dir keine Gedanken zu machen. Deine Frau könnte nackt auf dem Tisch tanzen, und man würde sie nicht anpöbeln. Und sollte mal ein Fremder reinkommen und es versuchen, wäre der ganz schnell wieder draußen."

Rosa hatte währenddessen Maribel alles übersetzt. Mit ihrem "por favor, Armin" war die Entscheidung rasch gefallen, nachdem vom Nachbartisch, wo das Gespräch mitgehört wurde, auch noch der Ruf ertönte: "Schlag ein, Armin - und mache dir wirklich keine Sorgen. Wir werden nur unseren Augen die Verzückung gönnen, ansonsten aber ganz brav sein." "Das war unser Viehdoktor", raunte ihm Hans zu, um dann Beifall zu klatschen. Maribel hatte die ihr verbal zuteil gewordene Unterstützung mitbekommen und sich dafür bedankt, dass sie sich von ihrem Hocker erhob, in gespielter Verschämtheit ihr Röckchen vorn etwas lüftete und mit "gracias" einen Knicks vollzog.

"Danke für die uns mit dieser zauberhaften Geste erwiesene Wertschätzung, Señora", erhob sich mit einer Verbeugung der Viehdoktor, "ihr seid beide tolle Menschen, und wir fühlten uns sehr geehrt, einen netten Abend mit euch zu verbringen. Keineswegs abhängig von diesem irren Fummel, der nur der Auslöser war." Und als Rosa auch dies übersetzte, wiederholte Maribel ihre Dankesbezeugung, um sich nach dem Knicks auch noch leicht zu verbeugen und so der versammelten Mannschaft als wertschätzende Zugabe auch noch ihren hübschen Busen zu präsentieren. Und diese augenscheinlich doch recht niveauvolle Mannschaft fühlte sich auch tatsächlich geschmeichelt, ohne auf abwegige Gedanken zu kommen. Nur ein junger Bursche rief: "Ausziehen, alles!" - woraufhin Hans ihn aufforderte, das Lokal zu verlassen, weil er nicht so ganz in die Runde passe und auch wohl schon etwas zu viel Alkohol intus habe, um sich für den Rest des Abends anständig zu benehmen. Es gäbe halt auch in einer fröhlichen Runde Grenzen, die mancher nicht respektiere. Man dürfe eine nette Frau, die sich in solcher trotz ausgelassener Stimmung respektvollen Runde mal ausnahmsweise etwas lockerer zeige, zumal an ihrem besonderen Tag, nicht gleich in die falsche Ecke schieben. Der Gemaßregelte verstand zwar, verabschiedete sich aber doch etwas widerwillig, besonders bei dem Gedanken, was ihm da noch Nettes entging.

Maribel umarmte Armin erneut mit den nun zugeraunten Worten: "Das alles hier schmeichelt mir zwar und macht mir durchaus Spaß. Aber hauptsächlich möchte ich dir gefallen und tue ich es deshalb für dich. Wenn es dir also zu viel wird, genügt ein Wort von dir." "Aber Maribel, worüber reden wir denn hier? Es geschieht doch nichts. Eine hübsche Frau zeigt etwas Haut, das ist alles. Blicke tun doch nicht weh, dir nicht und mir nicht. So lange es dabei bleibt und beispielsweise keine Körperkontakte erfolgen, ist doch alles in bester Ordnung und keinerlei Anlass zur Besorgnis gegeben. Verhalte dich so innerhalb der genannten Grenzen, wie es dir Spaß macht - und sei versichert, dass es mir ebenso gefällt. Alles klar?" Die Antwort war ein leidenschaftlicher Kuss. Und Rosa, die das Gespräch mitbekommen hatte, pflichtete Armin bei mit den Worten: "Ihr beide seid Klasse. An einem fremden Ort hätte ich auch keine Probleme damit, mich so wie Maribel zu verhalten. Nur nicht unbedingt hier in unserer Kneipe, wo uns jeder kennt. Übrigens sind mein Mann und ich begeisterte FKK-Anhänger und auch deshalb so natürlich locker eingestellt. Darüber wissen unsere Gäste hier übrigens Bescheid - und noch

78

keiner versuchte deshalb bislang, mich irgendwie anzupöbeln." Da sie diese Erklärung auf Spanisch sprach, prostete Maribel ihr danach freudig zu und bedankte sich für das Verständnis und die Unterstützung.

Nach einer Weile kam der Viehdoktor auf die beiden zu und zog auch Hans zu sich heran: Ihr seid wirklich toll, unser aller Kompliment. Nein, Maribel, wir stellen dich gewiss nicht in die falsche Ecke. Deshalb seht es bitte nicht als Bestechung oder besondere Animation in Erwartungshaltung an, wenn ich euch im Namen aller meiner Kumpels dort einlade, heute Abend unsere Gäste zu sein. Auch wir möchten unser Hochzeitsgeschenk bei-steuern. Selbst wenn du uns ab sofort absolut nichts mehr zeigen würdest, was übrigens jammerschade wäre. Diesmal übersetzte Hans die freundlichen Worte - und Maribel war sprachlos, konnte zunächst nur ein kurzes "gracias" hervorbringen.

Hans begab sich hinter die Theke, um eine CD mit fetziger 'musica latina' in den Player zu legen. Nach den ersten Tönen umarm-te er seine Frau, um ein paar Tanzbewegungen mit ihr zu vollfüh-ren. Dann meinte er zu ihr: "Sicher tanzt auch Maribel so gern wie du. Tolle Gelegenheit für zwei sich gut verstehenden Latinas. Ab, schnapp' sie dir. Ich mache die Theke und den Service wei-ter." Rosa gab den Mann, schritt auf Maribel zu und verbeugte sich vor ihr mit den Worten: "Con permiso, señora" - und die Aufgeforderte nahm hoch erfreut an, an Armin gewandt mit "¿si?", der natürlich antwortete mit "claro".

Rosa wirkte schon in ihrem normalen Tages-Outfit bei den rhythmischen Bewegungen zur Latino-Musik sehr aufreizend. Aber Maribel erst: Da sie sich in permanenter, meist heftiger Be-wegung befand, lag ihr Busen natürlich ständig vollkommen frei. Die leidenschaftlichen unterschiedlichen Tanzbewegungen führ-ten zudem dazu, dass mal die eine, mal die andere, mal beide Po-Backen unverhüllt waren - und nicht selten auch die Vorderan-sicht. Von den Tischen wurde sie begeistert angefeuert, worauf-hin sie sich noch heftiger bewegte mit noch deutlicheren Effek-ten. Rosa hatte schnell begriffen und war in ihrer Führungsrolle dazu übergegangen, ihre Partnerin so zu führen und zu animieren, dass es möglichst viel unverhüllte Haut zu sehen gab. Auch sie schien irgendwie höchst fasziniert von Maribel zu sein und fand offensichtlich große Freude an der gemeinsamen Show. Fast hatte man mitunter den Eindruck, die beiden Frauen befänden sich in Ekstase. Sie tanzen sogar weiter, wenn ein Titel zu Ende war und der Player bis zum nächsten eine kurze Pause einlegte. Als ein weiterer Titel zu Ende war, machten die beiden eine kurze Verschnaufpause, die Rosa dazu nutzte, Maribels ohnehin schon äußerst knappes Röckchen um wenige Zentimeter nach oben zu ziehen. Damit hatte sie deren Heiligtum gut zur Hälfte freigelegt. Maribel fühlte sich geschmeichelt und hatte keinerlei Einwände. Später, wenn das Röckchen mal wieder etwas nach unten glitt, zog sie es jeweils von sich aus wieder nach oben, sogar noch ein Stückchen höher. Peinlich war sie fortan darum bemüht, nur nicht zu viel zu verdecken. Alle Zuschauer waren ganz besonders begeistert, dass es da kein störendes Schamhaar gab - und auch dies erfüllte Maribel mit besonderem Stolz. Es tat ihr sehr gut, die große Attraktion des Abends zu sein.

Armin hatte während der entzückenden Darbietungen bereits drei Gläser Wein geleert, weil ihm das Bier des Nordens nicht so sehr zusagte. Dann kamen auch Rosa und Maribel zu ihm, weil sie eine etwas längere Verschnaufpause dringend nötig hatten. Maribel leerte ihr noch fast volles Sektglas in einem Zug- und anschließend Armins halb gefülltes Weinglas sowie im weiteren Verlauf der Pause zwei weitere Gläser Sekt. Dann, nun schon leicht beschwippst, meinte sie zu Rosa: "Ich zeige hier alles - und du? Hast du nichts Heißes zum Anziehen? Armin wird dir dann sicher gern etwas aus dem Auto holen. Möchtest du dich mir nicht etwas anpassen?" Die Angesprochene musste erst etwas nachdenken und sich dann mit ihrem Mann besprechen. Dann wandte sie sich an alle:
"Hört mal zu Leute. Maribel hat nicht nur auf eure anspornenden Zurufe immer positiv reagiert, sondern sich auch meinen Provokationen nicht widersetzt. Deshalb haben Hans und ich uns

abgesprochen, dass wir auch ihren Wunsch erfüllen wollen. Sie wünscht sich, dass ich mich ihr ähnlich anziehe, um besser zu ihr als Tanzpartnerin zu passen und den netten Abend noch etwas weiter anzuheizen. Was haltet ihr davon?" Es setzte ein heftiges zustimmendes Trommeln auf die Tische ein, auch die anwesende Frau - eine war bereits gegangen - stimmte zu: "Wenn ihr von mir nicht das gleiche erwartet - auch einverstanden." Rosa verabschiedete sich zum Umziehen mit der Erklärung: "Hans wird außen ein Schild 'Geschlossene Gesellschaft' anbringen und abschließen. Dann sind wir ungestört unter uns. Also vamos."

Maribel schob ihren Barhocker zur Seite. Wenn sie darauf Platz nähme, sähe man einfach zu wenig von ihr. Es war doch viel interessanter für alle wie auch für sie, wenn sie ihren Armin im Stehen umarmte. Und das tat sie nun ausgiebig. Und wenn sie sich mal für einen Moment von ihm löste, kontrollierte sie den Sitz des Röckchens, zog dieses meist noch ein Stückchen weiter nach oben als zuvor beim Tanzen. Sie musste Armin doch fit für die Nacht machen. Verbergen tat sie nichts mehr.

Rosa erschien. Sie trug ein silbernes Halskettchen und zwei kleine Piersings durch die hübschen Brustwarzen. Natürlich war sie auch unten nicht nackt. Dort hatte sie sich für einen Stringtanga entschieden, jedoch in außergewöhnlicher Trageart: Das, was eigentlich das winzige Vorderteil war, befand sich hinten - und das Nichts von hinten vorn. Darunter beziehungsweise daneben war sie teilrasiert, nur links und rechts vom millimeterdünnen Tangastreifen ein paar Millimeter sehr kurzes Haar, wie Maribel äußerst reizvoll anzusehen. Einen Bolero wie Maribel besäße sie leider nicht. Deshalb sei ihr Vorschlag, dass sie sich den mit ihr teile. Mal möge Maribel ihn tragen und mal sie. Maribel demonstrierte ihre Zustimmung, indem sie den Bolero auszog und ihn Rosa überreichte. Bislang habe sie ihn getragen, und deshalb sei nun Rosa für eine Weile an der Reihe, damit sie sich nicht erkälte. Und nun bei näherem Hinsehen fiel Armin ein weiteres winziges Piersing auf: an der intimsten Stelle. Armin konnte es sich nicht verkneifen, ihr vorzuschlagen: "Sag mal, du bist ja unten von

Natur aus nicht nackt. Einerseits trägst du dort noch etwas Haar, andererseits entdeckte ich gerade einen hübschen Ring. Der kann ja mit diesem Tanga, so winzig er auch ist, gar nicht so richtig zur Geltung kommen. Brauchst du den Tanga wirklich? Schließlich trägst du ja auch noch einen Bolero, den Maribel dir sicher gern für den Rest des Abends überlässt." Rosa blickte fragend zu ihrem Mann, der zustimmend nickte. Da Armin Spanisch gesprochen hatte, bekam Maribel alles mit. Mit "con permiso" (du gestattest) schob sie den Stringträger beiseite, um sich den Intimschmuck ihrer Tanzpartnerin und nun sicher auch neuen Freundin fasziniert genau zu betrachten - und dann, den fragenden Blick an Hans und dessen Zustimmung hatte sie ja mitbekommen, streifte sie den Tanga sanft nach unten ab. Armin schritt zu den Tischen und erklärte kurz, was soeben besprochen wurde und löste damit ein jubelndes Klatschen aus sowie den Ruf nach einer weiteren Runde für alle. Rosa war währenddessen nicht untätig und hatte als besonderes Dankeschön Maribels Röckchen wieder einmal um gute fünf Zentimeter noch oben verschoben - und damit der auch sicher dort hielt und sich nicht mehr ungewollt nach unten auf die Reise machen konnte, mit einer hinter der Theke hervor geholten Sicherheitsnadel den Bund so weit verengt, dass das gute Stück nun bombenfest saß. Ein unbeabsichtigtes Verdecken wichtiger Details war nun nicht mehr möglich; und Maribel brauchte auf solches Verhindern keine Aufmerksamkeit mehr zu richten. Die beiden Frauen flachsten miteinander, dass sie jetzt eigentlich ja auch alles ablegen könnten - was sie aber auf keinen Fall tun wollten, weil es sich nicht schickte, sich nackt in einer Kneipe aufzuhalten.

Als von den Tischen her die Frage aufkam, ob es denn wohl möglich sei, auch Maribels süßen Haarstreifen mal vollständig zu sehen, zog die ihr Röckchen aus, drehte sich langsam einmal um die eigene Achse, um dann aber züchtig ihren Gürtel, also den Rock in nunmehriger Gürtelfunktion, wieder anzulegen. Und wieder wurde lange anhaltender Beifall geklatscht, diesmal für beide Frauen. "Um wie viel ärmer wäre doch die Welt", meinte dann der Viehdoktor, "wenn es Kuba und die DomRep nicht gäbe", woraufhin sich Rosa für das Kompliment mit besonders aufreizenden Bewegungen bedankte und auch Maribel zum Mitmachen animierte. Dann zog sie ihre Freundin dorthin, wo sie sich die Tanzfläche eingerichtet hatten, also zwischen der Theke und den Tischen. Mit ekstatisch anmutenden Tanzbewegungen ging es dort heiß rhythmisch weiter, wobei nun auch intensive Körperkontakte einbezogen wurden und es keine Tabuzonen gab. Man konnte sich nun nicht mehr sicher sein, ob die Frauen nur spielten oder mehr bei ihren Vorführungen empfanden. Armin wandte sich an Hans: "Sag mal, kennst du so deine Frau?" - und der überraschte ihn mit der Antwort: "Bis jetzt nicht, man lernt immer dazu. Aber sei gewiss, die beiden leisten sich nur ein frivoles Spiel, wenn auch mit einer sehr großen Begeisterung." Auch Maribel würde ihm später offenbaren, dass das Spiel mit Rosa ihr sehr viel Spaß gemacht habe, sie dabei jedoch neben der erotischen Stimulans nichts für sie empfunden habe, was Armin beunruhigen müsse.

Als bei einer Tanzpause von den Tischen her gefragt wurde, ob man denn vielleicht auch mal mittanzen dürfe, stellte Rosa klar: "In normaler Kleidung jederzeit gern. Aber bei unserer Präsentation heute Abend nicht. Körperkontakt, nackt wie wir sind, ist klar tabu, das ginge eindeutig zu weit. Jungs, erfreut euch an der Optik, aber lasst die Kirche bitte im Dorf, o.k.?" Die maßvolle Zurechtweisung wurde anstandslos respektiert. Maribel schmiegte sich besonders eng an Armin: "Diese Piersings sind doch toll, oder? Die würden mir auch große Freude machen. Du magst sie ja auch, wie ich aus deinem Gespräch mit Rosa mitbekam. Schenkst du mir irgendwann in Zukunft welche?" "Irgendwann in Zukunft ist gut formuliert", reagierte Armin erleichtert. "Dann gern, aber im Moment ist das Geld dazu zu knapp. Vielleicht zu deinem Geburtstag, also schon im November. Prinzipiell also ja, nur habe bitte noch etwas Geduld." Rosa, die zwischen Maribel und Armin stand, weil sie ebenfalls in Sitzposition nicht zuviel Haut verdecken wollte, und das Gespräch mitbekam, unterbreitete einen interessanten Vorschlag: "Feiert doch Maribels Geburtstag hier. Ihr seid immer herzlich eingeladen. Kommt ein paar Tage früher her. Dann gehe ich mit Maribel zum Löcherstechen in mein Piersing-Studio, wo gut und sauber gearbeitet wird. Noch ein Tipp: "Maribel hat sehr schöne und besonders große Brustwarzen mit langen Nippelchen. Daran würden sich etwas größere Ringe außergewöhnlich gut machen." Sie hatte dabei demonstrativ zärtlich Maribels Brustwarzen massiert - und die Nippel waren dabei noch um ein gutes Stück gewachsen. Deshalb sah sie nun unbeschreiblich faszinierend aus - und Rosa zog sie wieder zur Tanzfläche, wo sie mit unverfänglichen, aber äußerst geschickten Berührungen dafür sorgte, dass Maribels Erregungszustand dauerhaft blieb und sich sogar noch weiterhin steigerte. "Ein weiteres Hochzeitsgeschenk an dich, magst du es?" - raunte sie ihrer Freundin zu; und die nickte in einem großen und steigenden Wohlgefühl.

Bald war Maribel so sehr erregt, dass sie um eine Tanzpause bat, sich von hinten rücklings an Armin schmiegte, so dass sie von allen zu sehen war, und ihn förmlich anflehte: "Ich bin sehr erregt und brauche jetzt deine Streicheleinheiten. Bitte liebkose mich dezent - doch bitte dort, wo ich es am liebsten mag. Bitte, ich brauch's jetzt gleich und hier."

Armin machte vorsichtig eine halbe Drehung auf seinem Barhocker, so dass er nun Maribels Rücken und ihren Kopf auf seiner Brust zu liegen hatte. Zärtlich knabberte er ihr am Ohr und führte seine rechte Hand langsam unter Maribels Rock. Eine Weile behielt er die Hand dort unauffällig aufgelegt, um dann mit leicht kreisenden Bewegungen langsam die Erfüllung ihres heißen Wunsches einzuleiten und die Hand millimeterweise nach unten gleiten zu lassen; dorthin, wo kein Rock mehr war. Ihr Atem wurde heftiger. Zum Orgasmus wollte sie aber dann doch nicht gelangen; so weit konnte sie sich mit Mühe gerade noch beherrschen.

Mit "muchas gracias" und einem Kuss löste sie sich schließlich höchst erregt von Armin, um ihre Freundin zur Tanzfläche zu ziehen. Nach vielen langen und sehr heißen Tänzen, jeweils ergänzt von Armins sehr intimen Streicheleinheiten während den ab

84

und an unbedingt notwendigen Pausen zog Maribel zu fortgeschrittener Stunde ihre Freundin zur Tanzfläche, um dabei die Bitte zu äußern: "Wollen wir deinen Gästen zum Abschluss noch etwas Atemberaubendes bieten, bevor du sie dann vielleicht so langsam nach Hause schickst?" "Gern", war die sofort einverstanden, "aber bitte langsam und auch etwas länger. Denn jetzt möchte ich es auch noch gern eine Weile auskosten, so lustvoll angestarrt zu werden wie du die ganze Zeit." Eine weitere Absprache zwischen den beiden Frauen war nicht erforderlich; denn sie fühlten und wünschten dasselbe. Bevor der heiße Tanz begann, wandte sich Rosa an die Gäste: "Jungs - und Mädel natürlich - , heute Abend wurde Euch, meinen sehr geschätzten Stammgästen, aus besonderem Anlass und in besonderer Runde sicher sehr viel geboten. Und in dieser netten und niveauvollen Runde machte uns beiden wie auch unseren Männern der Abend genau so viel Spaß wie hoffentlich euch allen. Vielleicht gibt es bald mal eine Wiederholung; denn sicher werden wir mit unseren neuen Freunden in Kontakt bleiben. Es ist aber mittlerweile schon recht spät, auch die schönste Zusammenkunft muss irgendwann zu Ende gehen. Wir möchten euch jetzt aber nicht plötzlich rauswerfen, sondern euch den Abschluss noch mit einem kleinen Highlight versüßen. Vamos." Unter Beifall drehte Hans die Lautstärke des CD-Players etwas auf. Der dann einsetzende Schmusesong veranlasste ihn jedoch, wieder zurück zu drehen - und los ging es.

Rosa warf den Bolero ihrem Mann zu, öffnete Maribels Rock und warf diesen zu Armin. Rücklings stellte sie sich vor Maribel, die ihre Hände ganz von selbst auf ihre Oberschenkel legte und mit leichten Tanzbewegungen Ihren Körper an Rosas Haut rieb. Die führte ihre Hände zu Maribels Schritt und setzte Armins Streicheleinheiten fort. Deshalb glitten auch Maribels Hände langsam in die Richtung zum Schritt ihrer Freundin - und dann deuteten die Frauen bei mehrmaligem Stellungswechsel eine gegenseitige zärtliche Intimmassage an. Beim aufmerksamen Beobachten der Brustwarzen mussten jedoch deutliche Zweifel aufkommen, ob es sich tatsächlich nur um Andeutungen handelte. Stets stand eine der beiden unter voller Beobachtung, während sich die andere hinter ihr etwas den Blicken entziehen konnte. Und wer sich hinten befand, nutzte die Phase der nicht absoluten Beobachtung, um mit eigenen Bewegungen des Unterleibs die Wirkung der Streichelbewegungen der Freundin zu unterstützen. Beide blieben so im Schritt nicht trocken, was jedoch die Zuschauer an den Tischen kaum mitbekamen, sich größtenteils aber gewiss doch denken konnten.

Sie müssen sich kurz vor Orgasmen befunden haben, als die beiden Latinas nach fast einer Stunde, die für alle Anwesenden äußerst erregend verlief, sich entschlossen, nun die Gäste zu verabschieden. Dabei mussten sie ihrem Prinzip aber doch etwas untreu werden, weil dieser Abschied natürlich nur nach Latino-Art erfolgen konnte: Umarmung mit dem jeweils rechts und links angedeuteten Wangenkuss. Als letzte verabschiedete sich die Dame zuerst von Rosa und dann von Maribel, bei ihr aber mit einem zärtlichen Griff in den Schritt und je einem kurzen Kuss auf die linke und dann auf die rechte Brustwarze und den Worten: "Ich darf das ja sicher. Macht's gut. Und hoffentlich auf bald. Wäre ich noch etwas jünger, würde ich dann vielleicht sogar mitmachen. Auch für mich war das heute sehr, sehr anregend. Danke." Rosa übersetzte Maribel die freundlichen Worte, tuschelte dann noch kurz mit ihr und rief dann ihrem Mann, der schon an der Tür wartete, und den anderen zu: "Stopp, wir haben uns eben noch zu etwas entschlossen!"
Als alle zurück kamen, erläuterte sie den Spontanentschluss: "Nach dem Motto 'gleiches Recht für alle' sollte den Herren nicht vorenthalten werden, was der Dame gestattet wurde. Ihr alle habt euch heute sehr korrekt und zurückhaltend benommen, wenn es euch auch sicher nicht leicht fiel, da wir euch ja gnadenlos einheizten. Das sollte belohnt werden. Schließlich ist ja nun auch unwiderruflich Ende, so dass niemand mehr auf dumme Gedanken kommen kann. Ich werde euch mit Armin nun vormachen, wie wir uns in etwa unseren zweiten und endgültigen Abschied für heute vorstellen." Als sie sich kurz mit Armin absprechen

wollte, meinte der nur kurz: "Ich glaube, ich weiß, wie du's meinst. Komm, lass es uns vormachen."

Er stellte sich vor Rosa, schmiegte seine rechte Wange an die ihre, legte seinen linken Arm um sie, wobei er ihren Po anfasste, und führte seine rechte Hand zu einer längere Augenblicke währenden Streichelbewegung in Rosas Schritt. Dann bedeutete er den anderen, es ihm gleich zu tun. Und die folgten begeistert, verabschiedeten sich jeweils zunächst von der einen und dann von der anderen. Eile hatte niemand. Zum Schluss musste auch die Lady nochmals ran; denn sie hatte sich ja bislang auf diese entzückende Weise erst von einer verabschiedet, was sie aber auch jetzt noch einmal tat. Dann waren alle draußen - und zwei glückliche und erregte Paare unter sich. Eine ganze Weile saßen die vier erzählend bei ein paar abschließenden Gläschen zusammen, wobei die Männer ihren Frauen unablässig sehr viele sehr intime Streicheleinheiten zugedachten, welche diese sehr genossen.

"Stopp, es ist bei mir gleich so weit", sprang Rosa plötzlich auf und zog Maribel in Richtung Tanzfläche hinter sich her. "Musik bitte. Jetzt kommt für unsere Liebsten noch das, was wir den anderen vorenthielten." Während sie ganz langsam und ohne jegliche Hast einen ganz besonders erotischen, ja intimen Tanz aufbauten, bei dem es keinerlei Tabus mehr geben sollte, fragte Armin ungläubig seinen neuen Freund Hans: "Deine Rosa hat dies alles heute ja so geschickt aufgebaut und in Szene gesetzt, dass es sehr schwer vorstellbar ist, das erste Mal gewesen zu sein." "Glaub's mir. Es ist so. Was du ja auch daran erkennst, dass Rosa außer dem String-Tanga, der ja heute zur Standardausstattung einer modernen Frau gehört, mit keinerlei Spezialfummel aufwarten konnte. Ich erkläre mir das Ganze so, dass sie sich ganz einfach von Maribel inspirieren ließ. Kein Wunder - so wie ihr ja bereits das Lokal betratet. Ich kann mir ehrlich gesagt auch nicht vorstellen, solche Darbietungen professionell oder wie auch immer vorführen zu lassen. Eine Wiederholung mit Euch hingegen kann ich mir sehr gut vorstellen. Aber eines möchte ich noch klarstellen: Keineswegs denke ich an Partnertausch oder Rudelbumsen, was bestimmt auch für meine Frau gilt und für euch vermutlich ebenso. Gegen eine Anmache und ein Hochfahren auf diese Weise ist nichts einzuwenden. Aber grundsätzlich habe ich bei meiner Frau sexuell alles, was ich brauche oder mir wünschen kann. Und wie es aussieht, wird das Leben ja wohl auch in Zukunft nicht langweilig. Alles klar?" Mit Armins "alles klar" verfolgten die beiden Männern das genüsslich, was sie von ihren Frauen geboten bekamen - nach sehr vielen Tänzen, viel Musik und noch manchen Drink mit tollen Orgasmen der beiden Frauen abschließend.

"Danke, Liebster, dass du mir das alles heute Abend ermöglicht hast. Es war eine ganz neue Erfahrung, aber wunderschön für mich. Hoffentlich auch für dich. Als Lesbe fühle ich mich immer noch nicht. Aber diese Rosa ..... - einfach eine fantastische Frau. Mit der es ganz toll war, in die ich aber nicht verliebt bin, sondern nach wie vor nur in dich. Und nun lass uns bitte zu Bett gehen; denn jetzt bist du endlich an der Reihe." Mit diesen Maribels Worten waren seine sich bereits erneut, wenn auch nur schwach, einstellenden Zweifel zerstreut, der Abend und die Situation gerettet. Und vielleicht diesmal sogar die Nacht? .....

Beweisen brauchte sich Armin in dieser Nacht jedoch nicht. Denn das Paar fiel derart müde ins Bett, dass es bereits nach wenigen Minuten eng umschlungen eingeschlafen war.

Grenzenlose Bewunderung

Kurz nach acht Uhr am folgenden Morgen klopfte Rosa an die Zimmertür und fragte, ob sie das Frühstück bereiten könne. "Gern", antwortete Maribel, "wir sind in fünfzehn Minuten unten." Für das Ankleiden brauchte sie schließlich keine Zeit. Die Koffer waren noch im Auto, wo sie auch bleiben sollten. Also hatte sie nur ihr Röckchen umzulegen, den Bolero über- und die Schuhe anzuziehen. Zuvor ging's gemeinsam mit Armin kurz unter die Dusche, wobei sie ihr langes Haar ausnahm, um es nicht anschließend umständlich trocknen zu müssen. An Schminke trug sie lediglich etwas Lippenstift auf. Armin steckte wie immer ruckzuck in den Klamotten. So war noch keine Viertelstunde vergangen und Rosa mit dem Auftragen des Frühstückstisches noch nicht ganz fertig, als sie die Kneipe betraten. Hans hatte ein paar Fotos am Computer für sie ausgedruckt, die er in der Nacht während der heißen Darbietungen heimlich als kleine Überraschung mit seiner Digitalkamera aufgenommen hatte. Verzückt betrachtete sich besonders Maribel diese gelungenen Aufnahmen. Sie war sehr stolz auf sich und die optische Wirkung.

Dann sprach man noch kurz über die Planungen zur weiteren Lebensgestaltung und hielt Mitte November, kurz vor Maribels Geburtstag, als vorgesehenen nächsten Besuch fest. Zwischenzeitlich wollte man in telefonischem Kontakt bleiben. Über die vergangene Nacht wurde nicht mehr geredet. Niemand hielt es für nötig, darüber noch große Worte zu verlieren. Alle hatten großen Spaß gehabt; irgendetwas Anstößiges fand niemand daran und so sah man auch keinen Anlass für Erklärungen oder Korrekturen. Glücklich und bestgelaunt trat das gerade mal einen Tag alte Ehepaar die Heimreise an. Die erste Etappe sollte bis Bonn oder in die Nähe führen, um am Montag in der Frühe den Botschaftstermin wahrzunehmen. Doch aktuelle Spontan-Ereignisse werfen nicht selten die beste Planung um .....

Maribel überraschte ihren Mann kurz nach Fahrtbeginn mit einer Wissbegierde der etwas außergewöhnlichen Art: "Sag mal bitte ehrlich: Hattest du auch schon mal Sex mit zwei Frauen? Mir kam dieser Gedanke, als ich mich mit Rosa so nett vergnügte." "Ja, hatte ich", antwortete Armin wahrheitsgemäß und vorbehaltlos. "Programmiert darauf war ich aber nicht, und danach gesucht habe ich auch nie. Ich brauchte und brauche es nicht. Meine diesbezüglichen Erlebnisse ergaben sich zufällig - und es war durchaus schön."

"Das interessiert mich. Erzähl' bitte", bohrte nun Maribel sichtlich aufgeregt. "Zwei Frauen mit mir und zugleich miteinander - mit einem solchen Erlebnis kann ich nicht aufwarten", antwortete Armin, um dann aber von einem für ihn prickelnden Erlebnis zu berichten.

"Vor Dominiks Geburt hatte ich mal Sex mit seiner Mutter, meiner zweiten Frau, und deren ausgesprochen hübscher Schwester zugleich.

Die Schwester lebte damals in einer Art von Zweckgemeinschaft mit einem Partner zusammen, der sie nicht gerade sehr glücklich machte. Als sie mal wieder einen Konflikt mit ihm hatte, besuchte sie uns für eine Weile.

Wir waren gemeinsam ausgegangen und standen abends alle drei unter ziemlicher Alkoholeinwirkung. Dominiks Mutter war im Wesen meiner mexikanischen Expartnerin Amelia vielfach ziemlich ähnlich: sehr impulsiv, leicht eingeschnappt und mitunter auch ganz schön aggressiv und beleidigend. Dies war sicher mit ein Grund, weshalb ich Amelia gegenüber so vorsichtig war, weil ich das alles in ähnlicher Form schon einmal erlebte und ein gebrannter Hund bekanntlich das Feuer scheut, wie wir in Deutschland sagen.

Jedenfalls führten an diesem Abend ein paar unbedachte Worte zu einer Auseinandersetzung zwischen meiner Frau und mir. Wie meist in solchen Situationen wurde sie rasch beleidigend. Ich sei ja nur mit ihr zusammen, weil ihre von mir bevorzugte sexy Kleidung mich aufgeile, ich gern mit ihr angeben wolle und keine andere Frau kriegen könne, die sich auch so gibt." An dieser Stelle legte Armin eine kurze Pause ein, um Maribel liebevoll anzuschauen. Die reagierte mit einem Lächeln, und er fuhr fort:

"Das war hart. Und ich jung - und deshalb zutiefst gekränkt. Heute ist das anders. Du wirst dich erinnern, dass ich immer ruhig und sachlich bleibe, wenn dir mal unbedachte Worte in der Wut entweichen. Damals aber reagierte ich noch anders. Sowas konnte ich nicht auf mir sitzen lassen. Ich wollte es ihr zeigen und brauchte meine Genugtuung, eine Revanche. Erwähnen muss ich noch, dass wir damals in unserem Büro auf einer breiten Luftmatratze schliefen, alle drei nebeneinander, ich in der Mitte. Das Büro renovierten wir gerade, meine Schwägerin half. Deshalb hatten wir uns dort für etwa eine Woche provisorisch einquartiert.

Ach ja: Generell schliefen wir alle drei nackt. Das waren wir so von zu Hause gewohnt - und einen Grund, weshalb wir das in dieser Situation ändern sollten, sahen wir nicht. Es kam auch schon mal vor, dass mir dabei links die eine und rechts die andere im Arm lag. Aber das war eher Spaß. An einen gemeinsamen Sex hatte zumindest ich nicht gedacht. Diesmal aber war da der fiese Vorwurf, ich bekäme keine andere ab. Und ich hatte ja eine tolle Gelegenheit, nun eindrucksvoll das Gegenteil zu beweisen. Dazu gab es noch ein weiteres sehr verlockendes Motiv: Meine Schwägerin war nicht nur sehr nett und äußerst attraktiv mit einer sehr aufreizenden Figur, sondern auch im Schritt rasiert. Dieser Anblick faszinierte mich schon immer gewaltig. Schon mehrfach hatte ich mir in Gedanken ausgemalt, wie toll es wohl sein müsste, diese blanke und weiche, haarlose Muschi zu liebkosen - mit der Hand und mit der Zunge. Der Gedanke daran erregte mich auch an diesem Abend. Also tat ich es.

Unmittelbar, nachdem wir zu Bett gingen, war von meiner Frau schon ein leises Schnarchen zu vernehmen. Sie war ja wütend auf mich und hatte sich daher abgewandt, während ihre Schwester wie selbstverständlich in meinem Arm lag, den Kopf auf meiner Brust. Tja - und mit meiner freien Hand streichelte ich sie dann zärtlich im Schoß.

"Was empfandest du dabei", wollte nun Maribel neugierig wissen, und Armin gestand: "Ich muss dir sagen, dass dies ein ganz unbeschreiblich tolles Erlebnis für mich war und mich sehr stark erregte. Phantastisch fühlte es sich auch an, als ich mit dem Mund weiter machte. Und ich hatte das Gefühl, was mir später übrigens auch meine dritte Frau Lucia bestätigte, die sich zeitweise ebenfalls die Schamhaare völlig abrasierte, dass dies für die Frau ein sehr viel intensiveres und schöneres Empfinden ist, weil keine Haare stören. Du wirst dies wohl genau so empfinden.

O.K. - es war toll, aber meine Frau bekam von alledem nichts mit, weil sie tief und fest schlief. Sie sollte es aber erfahren. Und deshalb machte ich am kommenden Morgen weiter. In dieser Nacht fand ich vor prickelnder Aufregung ohnehin kaum Schlaf. Sehr früh war ich bereits wieder wach. Und meine Schwägerin wurde durch meine neuerlichen Zärtlichkeiten ebenfalls rasch wach.

Ich begann, sie im Schritt zu streicheln und stieß die Bettdecke weg. Dann stieß ich meine Frau mehrmals an, um auch sie aufwachen zu lassen. Denn mittlerweile war ich wieder vollständig nüchtern, weshalb ich es vorzog, nicht gleich voll zuzuschlagen, sondern erst einmal auszuloten, wie sie auf Zärtlichkeiten, noch ohne Sex, reagierte. Sie setzte sich auf, sah uns eine kurze Weile zu und meinte dann: 'Lasst euch nicht stören, es bleibt ja in der Familie'. Als sie dann fragte, ob wir in der vergangenen Nacht schon Sex miteinander hatten, gab ich, beruhigt durch ihre Reaktion von eben, zur Antwort: 'Klar, du wolltest ja nichts von mir wissen. Und ich wollte dir zeigen, dass du dich irrst mit deinem beleidigenden Vorwurf, ich könne bei einer anderen Sexyfrau nicht landen'. Diese ihre beleidigende Äußerung tat ihr dann leid. Sie entschuldigte sich und meinte, dass sie aber nun wohl an der Reihe sei, auch zur Wiedergutmachung. Die Schwester könne ich ja anschließend dann mit der Hand oder dem Mund befriedigen.

Tja - und so geschah es dann auch. Beim Frühstück, wir saßen übrigens alle nackt am Tisch, wollte meine Frau dann von mir wissen, wie ich die rasierte Muschi meiner Schwägerin empfand. Und als ich wahrheitsgemäß gestand, dass dies ein ganz wunderbares Erlebnis für mich war, übrigens das erste Mal, versprach sie, sich anschließend ebenfalls das Schamhaar zu entfernen.

Wir hatten dann noch ein paar wunderbare Tage miteinander, ganz ohne Eifersucht. Damals war ich allerdings noch nicht wie heute in der Lage, mich so gut zu beherrschen und den Orgasmus so lange hinaus zu zögern, was ich hoffentlich auch dir bald beweisen kann. Es gab also jeweils mit einer normalen Sex und mit der anderen Petting, in stetigem gerechten Wechsel. Aber wie gesagt: Vom Sex zwischen zwei Frauen in meinem Beisein kann ich dir nichts berichten. Du und Rosa, ihr wart diesbezüglich das erste Erlebnis für mich."

"Nicht so ganz", korrigierte Maribel. "Als Sex im eigentlichen Sinne sehe ich das mit Rosa nämlich nicht an. Für mich handelte es sich vielmehr um ein ausgelassenes Spiel mit vielen erotischen oder auch intimen Berührungen, was über die Länge dieses Spiels automatisch eine steigende Erregung ergab, die dann schließlich auch zum Orgasmus führte, der sich auf eine andere Weise sicher auch eingestellt hätte. Aber es freut mich zu hören, dass du keine Zugeständnisse machen musst, wenn ich mich sehr sexy kleide, sondern dass dir das bei deiner Partnerin generell sehr viel Spaß macht, also voll in deinem Sinne liegt. Also kommt es mit mir für dich jetzt eigentlich zu einer Fortsetzung des sehr Gemochten?" 'Mit deutlichen Einschränkungen', dachte sich Armin bei diesen Worten, 'bei Celi läge es überhaupt nicht in meinem Sinne; und auch nicht in ihrem. Celi ist nun einmal eine ganz besondere, eine einmalige Frau für mich.' Dann antwortete er: "Nicht zu einer Fortsetzung, zu einer Neuauflage, weil heute doch eine völlig andere Situation vorliegt. Vor allem ging der Wunsch nach einem sexy Outfit nicht von mir aus, sondern von dir, zunächst ohne das geringste Zutun meinerseits."

Maribel fand nach dieser Erklärung ganz besonders, dass sie als Paar doch vorzüglich zusammen passten. Jetzt möchte sie mit ihrem Armin aber endlich auch einmal richtigen ausgedehnten Sex haben.

Als sie den Elbtunnel durchfuhren, war Maribel begeistert. Einen derart langen Tunnel hatte sie sich bis dahin nicht vorstellen können. "Und da oben fließt wirklich die Elbe?", fragte sie ungläubig. "So ist es. Aber es gibt noch weitere kilometerlange Tunnels. In den Alpen geht es auf diese Weise nicht unter Gewässern hindurch, sondern durch gewaltige Berge. Auch die werde ich dir in den kommenden Monaten mal zeigen. Bevor wir jetzt aber wieder auf längere Reisen gehen, müssen wir uns unbedingt um Arbeit bemühen. Ich kann dich also nur nochmals eindringlich bitten, dich systematisch und intensiv dem Sprachlehrgang zu widmen." Nach diesen Worten kramte Maribel aus den auf dem Rücksitz liegenden Papieren den Lehrgang hervor und meinte: "Dann konzentriere du dich jetzt bitte auf die Fahrt, ich vertiefe mich in den Lehrgang. Wenn es etwas Interessantes zu sehen gibt, mache mich bitte darauf aufmerksam. Wenn du aber mal eine Hand frei hast, darfst du mir die auch gern zwischen die Schenkel legen. Ich gestehe, mal wieder sehr erregt zu sein." Armin kam diesem Wunsch sofort nach - und so konnte Maribel sich nicht mehr auf den Lehrgang konzentrieren, sondern nur sehr oberflächlich darin lesen.

Gegen Mittag verließen sie die Autobahn, um sich nach einer guten und preiswerten Essensmöglichkeit umzusehen. Als sie auf ein Hinweisschild zu einem See aufmerksam wurden, folgten sie diesem. Dort angelangt, gab es auch ein Gasthaus, wo sie einkehrten, von ungläubigen, aber auch gierigen Blicken verfolgt. Zwar bemühte sich Maribel, nicht allzu viel Haut zu zeigen, zumindest die Brustwarzen knapp bedeckt zu halten; doch immer gelang dies nicht. Sie nahmen am rechten Rand der Theke Platz, Maribel rechts, Armin links neben ihr. Zur Linken saß ein anderes Paar. Um nicht allzu sehr zu provozieren, drehte Maribel sich nicht wie sonst üblich zu Armin hin, sondern nahm ganz normal Platz, die Beine zur Theke. So gab es zwar für die neben ihnen Sitzenden interessante seitliche Einblicke unter den Bolero, aber nicht in ihren Schritt. Um aber auch diese Einblicke in Grenzen zu halten, verzichtete sie darauf, Armin zu umarmen und wartete, dass der dies tat. Was auch umgehend geschah. Sie legte ihre linke Hand auf seinen rechten Oberschenkel - und Armin streichelte diese mit seiner Linken. Das Paar neben ihnen beobachtete sie voller Bewunderung. Weitere Zärtlichkeiten blieben nicht aus.

Als Maribel sich zur Toilette begab, wurde Armin von dem Mann angesprochen: "Wir zwei sind begeistert von ihnen beiden. Ich muss ihnen das jetzt ganz einfach sagen. Wie man an den Ringen sieht, ein Ehepaar. Und dann so verliebt, ständig am Schmusen. Irre faszinierend ist ja die höchst erotische Aufmachung ihrer Frau. Aber mindestens ebenso begeistert, wenn nicht noch viel stärker, bin ich von ihrem verliebten Verhalten zueinander." Armin bedankte sich für die netten Worte und übersetzte Maribel nach ihrer Rückkehr die Komplimente, die sich ebenfalls herzlich und mit großem Stolz dafür bedankte. Als die Frau dann noch ein weiteres Kompliment anfügte zu ihrem schönen Busen, womit sie sich ein solches Outfit durchaus leisten könne, fühlte sie sich animiert, sich nun doch zu ihnen und Armin hinzudrehen, die Schenkel jedoch züchtig zusammen. Ihr Heiligtum war somit knapp verborgen. Mit dem extrem knappen Röckchen nicht verbergen ließ sich jedoch der Haarstreifen darüber. Der Mann neben ihnen meinte nur: "Entzückend, ganz entzückend." Als er seine Frau ansah, lächelte die zustimmend. Daraufhin presste Maribel ihre Schenkel nicht mehr ganz so fest zusammen, sondern saß entspannt, jedoch ohne die Schenkel provokativ zu öffnen. Der Haarstreifen kam so jedoch ganz deutlich zum Vorschein und zog faszinierende Blicke auf sich. Und auch darunter gab es bereits einiges zu sehen. Es folgten viele weitere Komplimente. Maribel fühlte sich sehr geschmeichelt. Armin nicht weniger.

Aus einer vorgesehen etwa halben Stunde Aufenthalt wurden Stunden angeregter Gespräche, in deren Verlauf Maribel auch stets lockerer in ihrer Sitzhaltung wurde und keine Veranlassung mehr sah, allzu intime Einblicke krampfhaft zu verhindern. Sie verhielt sich nicht provokativ, aber völlig ungezwungen. Und so gab es auch immer wieder mal Posen, bei denen sie mehr oder weniger alles zum Einblick freigab. Als anstößig empfand dies niemand in der kleinen Runde. Das Paar fühlte sich sogar geschmeichelt, dass Maribel sich ihm gegenüber derart offen gab und dass Armin überhaupt nichts dagegen hatte. Dieser Hinweis veranlasste Maribel dann doch zu einem kleinen Dankeschön auf ihre Art. Mit den Worten "es ist mir eine Ehre" öffnete sie ihre Schenkel deutlich, um sie nach längerer Zeit wieder leicht zusammen zu führen, jedoch keineswegs zu pressen. Locker, angenehm und sehr ungezwungen vergingen die Stunden.

"Ist ja widerlich", ertönte es plötzlich hinter Maribel, ausgesprochen von einer Frau mittleren Alters, die wohl gerade von der Toilette kam. Was sie erregt hatte, war wohl Maribels knappes Röckchen. Dieses hatte sich unbemerkt etwas nach oben verzogen und etwa zwei Zentimeter der Pobacken frei gegeben. Als Maribel sich erhob, um es wieder leicht unter die Schenkel zu zupfen, meinte ihre Gesprächspartnerin zur Linken: "Mach dir nichts draus. Es muss auch solche Menschen geben. Das ist nur der Neid." Mit "claro" hakte Maribel diesen kleinen, etwas unangenehmen Vorfall auch sogleich wieder ab, das Röckchen wieder deutlich nach oben ziehend, besonders vorn. Denn ihre neuen Freunde, denen dies viel Spaß zu bereiten schien, sollten von nun an ungehindert alles an ihr zu sehen bekommen.

Am späten Nachmittag entschloss man sich, auch noch den Abend zusammen zu verbringen. Immerhin stand noch der ganze Sonntag zur Verfügung, um nach Bonn zu fahren. Vor dem gemeinsamen Aufbruch kam es endlich zur eigentlich längst überfälligen Vorstellung. Zum Du war man schon vor einiger Zeit übergegangen. Helga und Michael hießen die neuen Freunde. Und die wollten Maribel und Armin in eine spanische Tapa-Bar führen, der auch ein Nebenraum angegliedert war, in welchem sich bei Latino-Musik auf bequemen Sesseln viele nette Stunden nach dem Essen verbringen ließen. Besonders angetan war Maribel von der Aussicht, sich dort auch in ihrer Sprache unterhalten zu können.

Großen Hunger verspürte niemand. Die Tapas wurden auch im bequemen Nebenraum serviert. Deshalb beschloss man, gleich dort Platz zu nehmen. Die Karten waren auf Deutsch und Spanisch gedruckt, weshalb Maribel die Auswahl und Bestellung vornehmen sollte - auf Spanisch. Die Sitzgelegenheiten bestanden ausschließlich aus wuchtigen, sehr bequemen Sesseln. In einer Ecke mit kleinem, niedrigen Tischchen, um welches vier solcher Sessel gruppiert waren, nahmen sie Platz - Helga und Michael nebeneinander sowie Maribel und Armin nebeneinander. Ein Kuscheln war so nicht möglich, allenfalls Händchen halten. Die niedrigen Sitze machten tiefe Einblicke in Maribels Schritt unvermeidlich, besonders bei lockerem Sitzen einen langen Abend lang. Wenn sie sich dabei auch noch bequem zurück legte, konnte ein blanker Busen nur durch krampfhaftes Zuhalten des Boleros vermieden werden, rein theoretisch. Natürlich wäre Maribel nie auf eine solche Idee gekommen. Deshalb fühlte sie sich in der neuen Umgebung und dem stark frequentierten Lokal etwas unwohl. Sie bat darum, mit Helga und Michael die Sitze zu tauschen, womit sie und Armin dann zur Wand hin säßen und somit nicht mehr wie momentan frontal zu anderen Gästen. Dann könne sie es sich doch sehr viel bequemer machen. Armin schlug vor, dass sie lediglich mit Michael tausche, weil man ja ohnehin nicht miteinander schmusen könne und er sicherlich viel mehr an den von Maribel gebotenen Einblicken interessiert sei als Helga. "So ganz uninteressant ist das aber auch für mich nicht", meinte die zu diesem Vorschlag, "aber sehr gern sitze ich auch neben deiner Frau." Dann tauschten Maribel und Michael die Position.

Als die Bedienung erschien und mit "buenas tardes" grüßte, saß Maribel aufrecht mit brav zusammen gepressten Schenkeln. Nach kurzer Rücksprache gab sie die Bestellung auf, um es sich anschließend bequem zu machen, sehr bequem, Armin dabei lüstern ansehend, der ihr gegenüber saß. Michaels Einblicke zwischen die geöffneten Schenkel waren über den schrägen Blickwinkel etwas weniger atemberaubend als Armins, weshalb er scherzhaft meinte: "Können wir nicht tauschen?" "Nicht nötig", reagierte Maribel, um ihren Sessel ein gutes Stück in Michaels Richtung zu verschieben, der damit mehr als zufrieden war, hatte er doch nun in etwa den gleichen Blickwinkel wie Armin. Den für diesen damit verbundenen leichten optischen Verlust glich Maribel durch ein sehr weites Öffnen ihrer Schenkel aus, und zwar so weit, wie es der Sessel gerade mal zuließ. Sogar Helga konnte nun, wenn sie sich ein kleinwenig nach vorn beugte, ungehinderten Einblick nehmen. Was aber auch nicht mehr lange nötig war; denn auch sie rückte ihren Sessel etwas zurecht. Alle Beteiligten waren voll zufrieden, niemand Außenstehendes konnte sich durch Maribels frivole Sitzposition belästigt fühlen, weil nicht sehr viel, zuminderst nicht alles, zu sehen war für jemanden, der es nicht darauf anlegte. So wurde es ein ungezwungener, langer und schöner Abend.

Einer legte es darauf an. Eigentlich hatte er im Hauptraum an der Theke gesessen. Bei einem Gang zur Toilette war ihm Maribel aufgefallen. Er schlich um die Gruppe herum, stets in eine Richtung starrend. Dann nahm er an einem Nebentisch Platz. Weil er von dort zwar sehr viel, wohl aber doch etwas zu wenig sah, erhob er sich immer wieder, um Maribel anzustarren. Die fand das zunächst amüsant, fühlte sich dann aber zunehmend belästigt. Genervt fragte sie schließlich Armin: "¿Provocación?" Der wusste in etwa, worauf sie hinaus wollte, und nickte. Und dann tat Maribel etwas, was ihrem speziellen Voyeur wohl den Verstand rauben musste. Sie stand auf, kam zu Armin, den Rücken zum Voyeur gekehrt, stellte sich breitbeinig auf - und beugte sich dann tief zu ihrem Mann herunter, um ihm einen langen Kuss zu geben und dabei lustvoll mit dem Po zu wackeln, wohlwissend, dass sie ihrem Betrachter in dieser Position alles, aber auch wirklich alles, sehr provokativ zum vollen Einblick frei gab. Was ihr aber noch nicht reichte. Denn sie küsste freihändig weiter, führte die Hände zu ihren Po-Backen und zog diese sanft, langsam und nahezu unmerklich, jedoch mit einer enormen und fantastischen Wirkung auseinander. Nach dem Kuss, Wange an Wange, erzählte sie Armin, der dies ja nicht sehen konnte, zu welch starker Provokation sie sich entschlossen hatte. Als der fragte "und die anderen Gäste?", meinte sie nur lakonisch: "Ist mir ehrlich gesagt im Moment egal." Der Voyeur wurde sichtlich nervös und begab sich schließlich schnellen Schrittes zur Toilette. Was er dort, wo er für längere Zeit verschwand, wohl tat? Die beiden Paare, Armin hatte auch die besondere Provokation berichtet, brachen in ein schallendes Gelächter aus, und Helga kommentierte: "Das war jetzt haargenau das Richtige." Scherzeshalber drehte Maribel sich mit ihrem Hinterteil zu Helga, beugte sich wieder zu Armin und wippte mit Hüfte und Po hin und her. "Schon klar", meinte Helga, "es ist mir bewusst, was du ihm gezeigt hast." Der Voyeur nahm nach seinem ausgedehnten Toilettengang wieder an der Theke Platz. Für ihn war der Abend wohl gelaufen.

So harmlos, wenn auch recht frivol, verlief auch der Rest des Abends. Zwar war auch in dieser Nacht kein Hotelaufenthalt erforderlich, weil es ebenfalls eine Einladung zur Übernachtung gab, doch verspürte niemand weitergehende Gelüste. Auf eine ganz besondere Art war es ein sehr netter Tag - und so war es auch gut und ausreichend. Als sie bei ihrem privaten Nachtquartier ankamen, trug Armin den Koffer in die Wohnung. Nicht nur er verspürte Lust auf einen Klamottenwechsel. Auch Maribel wollte sich am Sonntag mal ganz normal und ohne jegliche Frivolität kleiden, ausnahmsweise, wie sie Armin versicherte. Es war schon sehr spät, früher Morgen. Bis in die Puppen sollte daher geschlafen werden, bis zum natürlichen Wecken durch die innere Uhr. Und die machte sich bei allen erst um die Mittagszeit bemerkbar.

"Nun ist aber wohl doch etwas Eile angesagt, ihr habt ja noch eine lange Fahrt vor Euch?", fragte Michael beim späten Frühstück etwas besorgt, doch Armin gab Entwarnung: "Aber keineswegs, wir haben ja noch gute zwanzig Stunden Zeit bis zur Botschaft, nicht einmal die Hälfte wird für die Fahrt benötigt. Gut ausgeschlafen sind wir zudem. Das reicht nun für eine ganze Weile. Mal eine Nacht durchzufahren, ist für mich nichts Neues. Also werden wir ganz gemütlich ohne Hektik aufbrechen und ebenso gemütlich in Richtung Bonn fahren mit mehreren Zwischenstopps. Ich brauche in der kommenden Nacht keinen Schlaf und werde die Fahrt so einrichten, dass wir pünktlich bei der Botschaft eintreffen Und wenn Maribel Müdigkeit verspürt, kann sie den Liegesitz herunter drehen und im Auto schlafen."

"Wenn das so ist und genügend Zeit vorhanden, lasst uns doch nicht frühstücken, sondern brunchen", schlug Helga vor. Ihr Mann sei übrigens in der Nacht eine wahre Granate gewesen. Maribel dürfe ihm daher gern noch öfter einheizen, und beide würden sich sehr auf ein Wiedersehen freuen. Maribel fühlte sich sehr geschmeichelt und folgte ihr in die Küche, um gemeinsam die passenden Speisen auszuwählen. Dann entschloss sie sich, doch während der langen Brunchzeit noch einmal ihren heißen Fummel der Nacht anzulegen, um Christel für die Zeit nach ihrer Abreise noch einmal einen optimal vorbereiteten Liebhaber sicherzustellen. Deshalb fand sie auch bald, das Röckchen sei überflüssig und der Bolero voll ausreichend, um sie nicht nackt herumsitzen zu lassen.

Als Michael ihr bei gestenreichen Gesprächen mal die Hand auf den Schenkel legte, führte sie diese sanft zu ihrem Schritt, wo sie recht lange verblieb und angenehme Dienste verrichtete, nicht nur zu Michaels steigendem Wohlbefinden. Trotz einer sehr angenehmen Situation freute sich Christel schon auf die Abreise der beiden. Als Dank an Maribel für ihr freundschaftliches, wenn auch nicht ganz uneigennütziges Bemühen, begab sie sich zu ihrem Mann, um ihn bei seinen Streicheleinheiten sehr tatkräftig zu unterstützen, dabei natürlich auch den Busen mit einzubeziehen. Gegessen wurde erst mal nicht viel - zumindest, bis Maribel ihren Höhepunkt hinter sich hatte.

*

Pünktlich und recht zügig brachte Maribel die Erledigungen auf der Botschaft hinter sich - und Armin musste wieder einmal einen dreistelligen Betrag löhnen. Am späten Nachmittag kamen sie zu Hause an. Beim Entladen des Autos rief ihnen die Nachbarin zu:

"Du warst wohl mit deiner Freundin in Urlaub?" "Jein", antwortete Armin, "losgefahren bin ich mit meiner Freundin, doch zurück
komme ich mit meiner Frau." "Aha, dann wart ihr also heiraten.
Herzlichen Glückwunsch. Dann lasst uns doch darauf eine Flasche Wein trinken. Dabei könnt ihr uns ja auch etwas von Eurer
sicher interessanten Reise erzählen." So geschah es denn auch.
Auf den Gartenmöbeln vor dem Haus machte man es sich gemütlich - und Armin erzählte vom erst kürzlichen Kennenlernen und
der etwas außergewöhnlichen Hochzeit. Ausgespart in der Erzäh-
lung blieben natürlich die frivolen Erlebnisse. Diesbezüglich hatte
er sich mit Maribel abgesprochen, in unmittelbarer Wohnumge-
bung ein ganz normales Spießerleben zu führen, während sie sich
außerhalb des kleinen Dörfchen aber getrost so geben möge, wie
sie es jeweils möchte. "Ich bewundere deinen Mut, schloss die
Nachbarin die ausführliche Berichterstattung ab, "ihr kennt euch
kaum und seid schon verheiratet." Mit "auf ein gutes Gelingen"
hob sie ihr Glas.

Der Ehealltag

Start und Entwicklung der jungen bi-nationalen Ehe verliefen durchaus positiv. Man redete viel miteinander und kam sich dabei immer näher, führte auch heiße Diskussionen und mitunter auch mal einen heftigen Streit. Es waren wohl Maribels kubanisches Temperament sowie ihre Herkunft, die sie zunehmend in die Richtung tendieren ließen, heftige Auseinandersetzungen nicht nur verbal zu führen, sondern auch mit 'schlagkräftigen Argumenten' im wahrsten Sinne des Wortes auszustatten, anfänglich jedoch nicht weiter gehend als bis zu einem mitunter auch sehr kräftigen Schubsen. Eines Abends holte sie aus und schlug zu so fest sie nur konnte. Jedoch nicht die Heftigkeit dieses Schlages, woraufhin Armin einen kurzen Moment ins Taumeln geriet, ergab für ihn ein fast unlösbares Problem, zumindest für den Moment. Eine Frau zu schlagen, war für ihn schlichtweg nicht vorstellbar. Aber ebenso sicher war er sich auch, sich nicht schlagen zu lassen. Auch nicht von einer Frau. Und auch nicht von seiner Frau. Doch ein solcher Schlag war bereits erfolgt. Und daraufhin musste nun etwas geschehen. Die Toleranzgrenze war erreicht und überschritten.

Armin erklärte seinem tobenden Weib, dass jeder Schlag in der Ehe ein Schlag zuviel sei und er wegen ihrer Gewalttätigkeit nun auf einer Trennung bestünde. Maribel möge bitte ihre Schwester anrufen, um sich von ihr abholen zu lassen. Als sie nach dem Anruf mit dem Packen begann, gab ihr Armin noch das Versprechen ab, dass er, falls es je wieder die Gelegenheit dazu gäbe, im Falle einer künftigen Widerholung garantiert zurückschlagen würde. Und dann lag diese junge Ehe zunächst einmal auf Eis.

Für beide war sie noch lange nicht gescheitert. Armin gab sich zwar sehr konsequent, doch ging es ihm eigentlich nur darum, eine künftige Wiederholungsgefahr möglichst auszuschließen und zu diesem Zweck über die Trennung, welche aber wohl doch schon etwas länger ausfallen müsse, um Wirkung zu entfachen, bei Maribel ein gründliches Nachdenken und Insichgehen auszulösen. Ihre auf Einsicht beruhende Entschuldigung wollte er abwarten, um sich zu einem Treffen und einer anschließenden Versöhnung bewegen zu lassen. Damit dies nicht zu schnell geschähe, die Trennung auch als schmerzhaft empfunden würde und genügend Bedenkzeit bestünde, beschloss Armin, mindestens sechs Wochen lang für seine Frau nicht erreichbar zu sein. Er schaltete sein Handy mit der allseits wie auch ihr bekannten Nummer ab, besorgte sich eine Prepaid-Karte und gab die neue Nummer all den Menschen bekannt, mit denen er auch weiterhin Kontakt halten wollte. So vergingen Maribels Geburtstag im November ohne die Fahrt zu Rosa und ihrem Mann wie auch die Weihnachtsfeiertage, ohne dass die Getrenntlebenden Kontakt hatten oder aufnehmen konnten. Auch den Jahreswechsel wollte Armin noch kontaktlos verstreichen lassen, danach seine alte Handynummer wieder aktivieren und der Dinge harren, die da eventuell auf ihn zukämen. Eine neue Arbeit hatte er rasch gefunden. Zwei mal wöchentlich gab es bei einem Zeitschriften-Großisten verschiedene Magazine gebündelt abzuholen und an die Austräger abzuliefern. Das war natürlich noch lange keine Vollbeschäftigung, doch ein erster wichtiger Schritt zu einer neuen Existenz. An welcher ja schließlich auch seine Maribel angemessen mitzuwirken habe, wenn sie denn irgendwann zurück käme.

Entscheidung zwischen zwei Frauen

Am fünften Januar setzte Armin seine alte und Maribel einzig bekannte Handynummer wieder in Gang. Zunächst wurde er über aufgezeichnete Sprachnachrichten informiert. Beim Aufruf seiner Mailbox war diese gut gefüllt, wobei es sich fast ausschließlich um Anrufversuche Maribels handelte - meist ohne Nachrichten, hin und wieder aber auch mit der Bitte um Rückruf oder der Ankündigung eines späteren erneuten Anrufes. Armin war zufrieden, denn die ständigen Anrufe seiner Frau bewiesen ihm, dass diese die Ehe ebenso fortzusetzen gedachte wie er. Zurückrufen wollte er sie allerdings nicht, weil kein einziger der vielen aufgezeichneten Anrufe die erwartete und erhoffte Entschuldigung enthielt, sondern auf ihren folgenden Anruf warten. Vielleicht würde dabei das ausgesprochen, was ja eigentlich unabdingbare Voraussetzung für eine Versöhnung war. Noch klingelte generell Armins einzig während der zurückliegenden Wochen benutzte Ersatznummer, wenn er angerufen wurde. Über die wieder aktivierte altbekannte Nummer hatte Armin generell noch nicht informiert. Dies wollte er bei ohnehin stattfindenden Gesprächen nach und nach tun - und bis dies rundum erfolgt sei, eben vorübergehend mit zwei eingeschalteten Handys arbeiten. Wenn jetzt also kurzfristig die 'neue alte' Nummer klingelte, konnte es eigentlich nur Maribel sein. Um darüber sofort informiert zu sein, verzichtete er auf das Programmieren einer Rufumleitung.

Und das erwartete Klingeln erfolgte bereits am nächsten Tag, als Armin gerade im Supermarkt beim Einkaufen war. "Hola, soy Celi, como'stas?" hauchte eine ängstliche Stimme am anderen Ende in die Leitung. Und Armin erstarrte, konnte sich kaum bewegen und fand keine Worte - konnte nicht fassen, was da gerade geschah. Als Celi ihn hoffnungsvoll fragte, ob er allein lebe, stammelte er ein kurzes "sí", drückte seine unbeschreibliche Überraschung aus und bat um einen kurzen Moment, um sich zu sammeln und auf die neue Situation einzustellen. Celi war einverstanden und schwieg kurz, um dann Armin zu erklären: "Ich bitte

104

dich um Entschuldigung für alles. Meine Probleme waren gewaltig und bereiteten mir große Angst. Deshalb begab ich mich in psychologische Behandlung. Die erforderte viel Zeit, blieb jedoch nicht ohne Wirkung. Der Psychologe half mir, und heute fühle ich mich viel besser. Ich liebe dich, kann dich nicht vergessen und möchte dich gern wiedersehen."

Armin hatte sich nun so weit gefangen, um die Frage zu stammeln: "Möchtest du nach Deutschland kommen?" - woraufhin Celi mit der Gegenfrage antwortete: "Kannst du nicht nach Mexiko kommen?" "Grundsätzlich kann und will ich das natürlich gern tun", antwortete Armin und fuhr dann fort: "Ich brauche allerdings zur Vorbereitung etwas Zeit, besonders wegen meiner Arbeit. Im Moment bin ich jedoch so überrascht, dass ich kaum einen klaren Gedanken fassen kann. Nie hätte ich mit diesem Anruf gerechnet. Bitte gib mir etwas Zeit; morgen oder übermorgen werde ich dich dann anrufen, damit wir die Einzelheiten besprechen können. Heute an dieser Stelle muss ich dir jedoch noch ein Geständnis machen.

Weil Du auf keinen meiner Versuche einer erneuten Kontaktaufnahme reagiertest und mittlerweile schon so viel Zeit vergangen war, stand für mich fest, dass unsere Beziehung definitiv beendet sei und es für uns beide keine Zukunft gäbe. In dieser Hoffnungslosigkeit drohte ich emotional und sozial sowie rundum unrettbar abzustürzen und auch mehr und mehr dem Alkohol zuzusprechen. Ich hatte eine unbeschreibliche Angst vor der Zukunft und sah nur noch eine einzige Möglichkeit, dem Schlimmsten zu entgehen: über das Eingehen einer neuen Partnerschaft. Rein aus 'medizinischen' beziehungsweise Therapiegründen heiratete ich vor Kurzem eine Frau, die ich noch kaum kannte. Es gab jedoch rasch gewaltige Probleme und wir sind bereits wieder getrennt. Also log ich nicht, als ich deine Frage, ob ich allein lebe, mit ja beantwortete. Ich will und kann dir jedoch nichts verheimlichen, auch nicht mit einer Notlüge. Deshalb muss ich dir einfach sagen, dass ich formell verheiratet bin. Aber lass uns Einzelheiten bitte beim nächsten Telefonat erörtern. Ich kann mich jetzt nicht konzentrieren und muss mich zunächst einmal auf die neue Situation einstellen. Einverstanden?"

Nun war es Celi, die zunächst kein Wort mehr hervor brachte. So bemüht war sie, ihre Probleme zu überwinden und so hoffnungsvoll hatte sie nun Armin angerufen, um nach gewaltigem Bangen hoch erfreut zu erfahren, dass er noch allein lebte. Und jetzt die Nachricht, dass er verheiratet war, bereits zum vierten Mal also. Weinend stammelte sie die Worte: "Du hast also wieder mal sehr schnell geheiratet. Wenn man für deine Motive auch durchaus Verständnis aufbringen muss, glaube ich nicht, dass wir jetzt noch eine Zukunft haben können. Dennoch will ich dir zustimmen, dass wir beide nun sehr viel nachzudenken haben. Ich will also deinen Anruf in den nächsten Tagen abwarten. Hasta luego."

Armin war entsetzt und erleichtert zugleich, reagierte mit "te amo, hasta luego, mi amor", beendete er das Gespräch und stand wie angewurzelt vor dem Regal im Supermarkt. Auf's Einkaufen konnte er sich jetzt nicht mehr konzentrieren. Für den Moment verspürte er nur einen Wunsch: Alkohol. Viel Alkohol, um die Gedanken zu benebeln und mal für eine Weile abzuschalten. Er fuhr zu seiner Stammkneipe und startete ein Besäufnis. Vom Wirt, dem ein solches Gebaren Armins, zumal am helllichten Tag, neu war, nach dem Grund für dessen ungewohntes Verhalten gefragt, gab der, bevor er sich in eine Ecke verzog, zur Antwort:
"Was glaubst du, was eben geschah? Celi rief an, gestand mir, mich zu lieben und wiedersehen zu wollen. Maribel möchte zurückkommen. Und ich stehe nun zwischen meiner *Großen Liebe* und meinen ehelichen Pflichten. Das Ganze kam so überraschend auf mich zu, dass ich für den Moment total überfordert bin, keinen klaren Gedanken fassen kann, Zeit brauche und jetzt einfach mal abschalten will. Bitte versorge mich mit genügend Stoff - und wenn du der Meinung bist, dass ich genug habe, setze mich bitte in ein Taxi nach Hause. Und sollte es heute nicht mehr gelingen,

lass uns bitte morgen oder übermorgen abrechnen, wenn ich wiederkomme."

Wieder einmal, wie schon unzählige Male in seinem Leben, hatte Armin die Quadratur des Kreises vor sich, stand er vor einem scheinbar unlösbaren Problem. Noch sollte er nicht ahnen, dass sich aber auch für dieses Problem, wie stets in seinem Leben, plötzlich und unverhofft, völlig überraschend wie immer in schöner Folge und Regelmäßigkeit bei 'aussichtslosen Situationen', eine ganz natürliche, ja banale Lösung ergäbe. Eigentlich bestand sein Leben aus einer Aneinanderreihung kritischer bis aussichtsloser Situationen - geriet er immer wieder an neue Abgründe, ohne jedoch jemals in einen solchen zu stürzen, weil sich noch stets unverhofft eine überraschende Lösung einstellte, mit der niemand, am allerwenigsten er selbst, gerechnet hätte. Immer wieder hatte ihm das Schicksal übel mitgespielt, doch niemals hatte es ihm einen vernichtenden Schlag versetzt. Schon vor langer Zeit erklärte er seiner Celi: "Mein Leben ist eine einzige Pechsträhne - aber immer, zumindest bislang, in Kombination mit einer unglaublichen Portion Glück. Immer wieder und vermutlich bis ans Ende meiner Tage werde ich schiffbrüchig, wobei ich aber scheinbar auch immer darauf vertrauen kann, niemals wirklich unterzugehen." Der Alkohol verhinderte es an diesem Tag, dass Armin diese 'Formel seines Lebens' noch bewusst wahrnahm. Ob er weiterhin auf ihre Wirksamkeit vertrauen durfte? Welche Tiefschläge das Schicksal noch für ihn bereit hielt? Und welche überraschenden Lösungen es ihm dabei würde anbieten?

Bereits am folgenden Tag erhielt Armin am frühen Morgen einen Anruf seiner formellen Noch-Ehefrau Maribel. Es sei jetzt die Zeit, diese leidige Trennung endlich aufzuheben, meinte sie, um ihm dann zu erklären: "Mit meiner Schwester habe ich mich unversöhnlich verkracht. Ich war schon kurz nach unserer Trennung bei ihr ausgezogen und hielt mich dann bei einer Freundin auf. Diese brauchte jedoch das Zimmer, und ich musste zu einer anderen Freundin ziehen. Die hat zwar auch nicht genügend Platz, nahm mich aber vorübergehend auf, weil ich ihr versprach, alles tun zu wollen, mich schnellstens mit dir auszusöhnen und zu dir zurückzukehren. Endlich konnte ich dich heute nach unzähligen Versuchen erreichen. Hätte das jetzt nicht geklappt, wäre mir nur noch der Versuch geblieben, deine Mutter zu fragen, ob ich zu ihr kommen kann, bis ich dich erreicht habe. Weil du dein Handy einfach nicht mehr eingeschaltet hattest, war ich mir sicher, dass du vorübergehend im Ausland bist. Bist du nun zu Hause? Kann ich kommen?"

Armin erschrak. Maribel versuchte gerade, ihn vor vollendete Tatsachen zu stellen und ihm die vermutlich schwierigste Entscheidung seines Lebens abzunehmen. Eine Entscheidung, die zu treffen er sich gestern noch völlig außerstande fühlte. Insofern spürte er nun schon so etwas in Richtung einer Erleichterung. Zugleich aber auch einen gewaltigen Schreck und eine aufkommende Angst, die ihn innerlich zu zerdrücken drohte. Denn die Richtung, die ihm nun vorgegeben werden sollte, würde zwangsläufig bedeuten, dass er Celi enttäuschen und ein für allemal auf sie verzichten müsse. Bislang, seit ihrem gestrigen Anruf, mit diesem Gedanken als noch theoretische Möglichkeit umgehen zu müssen, hatte ihn bereits derart aus der Fassung gebracht, dass er der Wirklichkeit zumindest für ein paar Stunden über den Alkohol entfliehen musste. Nun aber tat sich ihm diese Gefahr als unabänderliche Tatsache auf - und dieser Druck drohte ihn zu zerreißen. Aber Maribel bei seiner Mutter, die mit sich selbst genug zu tun hatte? Das ging natürlich nicht.

Doch sie war seine Frau, er hatte sie geheiratet und stets für sie da zu sein versprochen. Dazu fühlte er sich auch in der jetzigen Situation verpflichtet. Auch war anzuerkennen, dass sich seine Frau während der sehr kurzen Ehezeit außerordentlich viel Mühe gab, es ihm recht zu machen. Gleichgültig, wie immer die Zukunft auch aussehen möge: die nun in Angriff zu nehmenden Schritte würden immer auch in Maribels Interesse zu liegen und eine gute Lösung für sie mit einzuschließen haben. Deshalb gab er seiner Frau die einzige ihm mögliche Antwort: "Ja, die kannst kommen. Was aber noch keine endgültige Entscheidung für die Zukunft ist. Ich muss dir sagen, dass sich gewichtige Dinge ereignet haben, weshalb wir zunächst ausführlich über alles reden müssen. Ich verspreche dir, dabei sehr freundschaftlich mit dir umzugehen und um dein Wohl bemüht zu sein. Mehr aber kann ich dir hier und jetzt nicht versprechen."

"Gut, das muss mir dann erst einmal genügen. Ich habe bereits gepackt, komme und lasse mich bringen. Bis in zwei Stunden etwa, hasta luego", entgegnete Maribel kurz in der Erwartung, fast ein Vierteljahr der Trennung gehe damit zu Ende und eine glückliche Ehe mit ihrem Armin könne sich nun endlich fortsetzen. Sie jedenfalls würde sich die größte Mühe geben.

*

Als Armin das Vorfahren eines Golfs bemerkte, ging er nach unten, um seine Gäste zu begrüßen. Auch seine Frau betrachtete er zunächst als Gast. An der Haustür angekommen, war der Golf samt Fahrerin bereits wieder verschwunden. Neben der Haustür lehnten vier große prallgefüllte Einkaufstüten an der Wand - und Maribel hatte gerade die Türklinke in der Hand. Das behördlich lizenzierte Paar fiel sich mit einem beiderseitigen 'hola' in die Arme, schnappte sich die Tüten mit Maribels Kleidung und begab sich mit sehr gemischten Gefühlen ins Wohnzimmer. Die gerade erfolgte herzliche Umarmung war keineswegs nur gespielte Höflichkeit, sondern entsprach durchaus den beiderseitigen Empfindungen. Man hatte sich vermisst, spürte immer noch oder auch wieder große Sympathien füreinander - und Maribel war sehr froh, wieder zu Hause zu sein. Ohne Celis Anruf tags zuvor hätte Armin diese Freude sicherlich uneingeschränkt geteilt.

Er fühlte sich äußerst unwohl, scheute sich davor, Maribel zu enttäuschen, wollte ihr aber auch nichts vormachen. Deshalb berichtete er ihr wahrheitsgemäß über den Anruf aus Mexiko und seine unverändert starken Gefühle für Celi, aber auch seine Sympathie mit der Tendenz zu einem Verliebtsein ihr, Maribel gegenüber in Verbindung mit der großen Verantwortung, die er für sie und die Ehe fühlte. Schließlich gestand er ihr, total konfus zu sein und erbat ihre Zustimmung, gemeinsam seine Stammkneipe aufzusuchen, um bei diesmal mäßigem Alkoholgenuss ein wenig abzuschalten und sich wieder langsam und zwanglos aufeinander zu zu bewegen. Vielleicht könne man dabei schon mal ein wenig in Richtung einer Problemlösung vordenken - mit deren gezielter Inangriffnahme wolle man dann aber bis morgen warten. "Darf ich dir deine Entscheidung etwas erleichtern mit einem Outfit, das dich am Anfang unserer Ehe so glücklich machte?" - erkundigte sich Maribel, woraufhin sie die Antwort erhielt: "Du kannst dir sicher leicht vorstellen, dass mir danach im Moment eigentlich nicht ist. Aber das in diesem Vorschlag steckende Bemühen erkenne ich natürlich voll an. Sagen wir mal so: Es ist deine Entscheidung. Ich brauch's im Moment nicht. Wenn dir aber danach ist, ziehe dich getrost um. Sei aber bitte nicht enttäuscht, wenn ich auf deine Anstrengungen nicht erwartungsgemäß reagiere." Maribel zog sich um.

Das Dilemma, in dem Armin steckte, wurde nicht geringer, sondern verstärkte sich mit jeder Stunde, die er nun mit Maribel zusammen war. Deutlich spürte er, dass er sich sehr wohl fühlte in ihrer Gegenwart. Emotional rückte er keineswegs von ihr ab, wie er das vor ihrer Ankunft eigentlich erwartet hatte, sondern immer näher auf sie zu. "Die ist ja vielleicht nett" - meinte der Kneipenwirt, "sie scheint sich gebessert zu haben und sich viel Mühe zu geben. Sieht so aus, als wäre es ihr sehr ernst mit ihrem Versöhnungsangebot." Und genau das war's, was Armin stets konfuser machte: Die Trennungszeit hatte ihre positive Wirkung bei Maribel entfacht. Sie hatte sich deutlich wahrnehmbar verändert. Positiv. Sehr positiv, wie Armin gestehen musste. Sanfter als er sie von früher kannte, war sie geworden, höflicher wie auch kompromissbereiter bei unterschiedlichen Meinungen. Wenn auch eine förmliche Entschuldigung wegen ihres damaligen Schlages, der zur Trennung führte, bis dato ausgeblieben war, so ging ihr jetzt generell das Wort 'Entschuldigung' sehr viel leichter von den Lippen als vor der Trennung. Als sehr zärtlichkeitsbedürftig kannte er sie schon von Beginn an; diesbezüglich hatte sich nichts geändert. Eigentlich hätte man nur feststellen können und müssen, dass jetzt die Welt wohl in Ordnung sei. Konnte er ihr unter diesen Umständen den Laufpass geben? War es nicht seine verdammte Pflicht, seiner Ehe den Vorrang einzuräumen und auf seine *Große Liebe* zu verzichten? Aber dies würde ja nicht nur einen äußerst schmerzlichen Verzicht für ihn bedeuten, sondern zugleich eine riesige Enttäuschung für Celi. Die sich wegen ungleich stärkerer Gefühle für und von Celi sehr viel stärker, ja katastrophaler auswirken würde als eine Enttäuschung für Maribel. Armin sah keinen akzeptablen Ausweg. Er spürte, rational in die Richtung zu tendieren, zu seinen ehelichen Pflichten zu stehen - aber emotional fühlte er sich sehr viel deutlicher zu Celi hingezogen.

Über ihrem neckischen Outfit - welches Armin noch gar nicht zu Gesicht bekam, weil er während des Umziehens im Auto auf sie wartete - trug Maribel noch einen dicken Wintermantel, denn es war ja ordentlich kalt Ende Februar. Umso anerkennenswerter war es, dass sie darunter vermutlich kaum etwas anhatte bei diesen Temperaturen.

Nach einer längeren Aufwärmphase in der gut geheizten Kneipe und nachdem Armin ihre zunächst noch zaghaften Zärtlichkeiten nicht zurück wies, entschloss Maribel sich, ihr Geheimnis zu lüften und sich des Mantels zu entledigen. 'Ach wie süß', dachte sich Armin, 'hat sie also genau das angezogen, womit sie mir vor der Trennung die größte Freude bereitete.' Doch der Bolero schien sich irgendwie etwas verändert zu haben. Während er in der Vergangenheit beim normalen Sitzen die Brustwarzen knapp verdeckte, zumindest von vorn betrachtet, lagen die nun in gleicher Sitzposition völlig frei. Der Grund war sofort klar: Die Brustwarzen trugen Ringe wie von Rosa vorgeschlagen - und Ringe ergeben natürlich nur einen Sinn, wenn man sie auch sieht. "Am Rücken knapp drei Zentimeter zusammengenäht", gab Maribel die

Erklärung. Als Armin herab sah, hatte er den Eindruck, dass auch das Röckchen um etwa zwei oder drei Zentimeter kürzer geworden war. Doch damit nicht genug. Da gab es nun genau im Schritt auch einen Schlitz. "Kein Schlitz", berichtigte ihn Maribel, "ein Dreieck." Mit diesen Worten erhob sie sich vom Barhocker, womit Armin genau erkannte, wie sie das süße Nichts verändert hatte: indem sie ein etwa gleichschenkliges Dreieck mit einer Seitenlänge von mehr als fünf Zentimetern herausschnitt und die sich dabei ergebenden Kanten nach innen umnähte. Damit lag nun bereits beim ruhigen Stehen genau ihr Heiligtum völlig blickfrei. Eine Frau wie Maribel konnte und wollte natürlich das sich jetzt auch dort befindliche Piersing, einen Goldring wie am Busen, jedoch zusätzlich mit drei kleinen Diamanten versehen, einer möglichst großen Zahl von Betrachtern nicht unter Stoff verbergen. Sicher hatte sie sich also nicht nur umziehen wollen, um ihrem Armin einen Gefallen zu tun. "Huy, Maribel, das ist jetzt aber für die Öffentlichkeit sehr heftig", entfuhr es Armin, woraufhin sie ihn aber mit der ihr eigenen Logik zu entwaffnen suchte: "Aber schau doch mal genau hin. Ich trage doch eine Strumpfhose darunter. Also bin ich nicht nackt. Ohne Strumpfhose kann ich den Rock jetzt natürlich nicht mehr tragen, auch nicht im Sommer." Es handelte sich um eine Strumpfhose mit unverstärktem Oberteil und ohne Zwickel, mithin also wie am Bein so gut wie unsichtbar. Aber sie war vorhanden, auch über dem süßen Heiligtum. Ließ sich also ihr Argument entkräften? Doch musste Armin sich erst noch mit dem Gedanken anzufreunden versuchen, dass seine Frau nunmehr wirklich alles offenbarte. Eigentlich völlig uneingeschränkt - aber eigentlich auch nicht, wenn man ihren Argumenten folgte. Naja - wenigstens trug sie beim Verlassen des Lokals über dem Nichts einen alles verhüllenden Mantel. Aber wenn sie nun zur Toilette ginge ..... Doch diesbezüglich blieb im Moment nichts weiter, als ganz einfach abzuwarten, bis es so weit sei. Schließlich hatte sie ja absolut nichts dabei, womit sie hätte irgend etwas verdecken können. Und im dicken Wintermantel in der warmen Kneipe sitzen, bot sich ja auch nicht unbedingt an.

Ja, auch noch etwas verkürzt habe sie das Röckchen, bestätigte sie Armins Feststellungen, um dieses bei entsprechenden Gelegenheiten gar nicht erst nach oben ziehen zu müssen. Ihr Piersing müsse ja schließlich immer sichtbar sein in diesen besonderen Klamotten. Mit "schau mal von hinten" erhob sie sich erneut und drehte sich um. Jetzt lagen die Pobacken mehr als nur ansatzweise frei. Dann schaute Armin auch vorn noch mal genau hin und stellte fest: den süßen Haarstreifen gab es nun nicht mehr. "Wenn alles frei liegt, wäre der nicht unbedingt sehr ästhetisch", kamen wieder Maribels logische Argumente, "und wohl auch etwas zu provokativ. Das Piersing reicht und ist zudem viel schöner, sicher auch für andere Betrachter. Aber sehr begeistert scheinst du nicht zu sein, nicht so wie früher. Ich gab mir so viel Mühe für dich."

"Sag mal, was hat denn deine Frau vor?", wunderte sich der Wirt, zu Armin gewandt. "Sie will mir das Wiedersehen versüßen und mir meine Entscheidung für sie erleichtern." "Ist dies der Fall, kannst du da noch widerstehen?" "Ach, ich weiß nicht, bin rundum total konfus. Warten wir einfach mal ab, was geschieht. Oder auch nicht." "Gut, dann spendiere ich erst mal eine Versöhnungsrunde. Maribel, auch Bier?" "Ja bitte", lautete die Antwort, und nicht etwa "sí por favor".
Die ersten beiden Stammgäste hatten sich bereits zu ihnen gesellt, fasziniert immer wieder auf Maribels beringten Busen starrend. Unten gab es ja zunächst bei zusammengepressten Schenkeln nichts zu sehen, nicht einmal Schamhaar, nicht mehr. Wenn sie also so sitzen bliebe, sei die Situation ja einigermaßen akzeptabel. Dennoch glitten die Blicke der Umstehenden aber auch immer wieder in diese Richtung. Dass sie keinen Slip trug, ließ sich ja nicht verbergen. Diese Tatsache allein löste schon eine gewaltige Faszination aus. Noch war ihr dortiger Schmuck nicht zu sehen - doch nur bis zur nächsten kleinen Bewegung. Von da an hatten die beiden Burschen eine neue Blickrichtung.

Der Gang zur Toilette verlief weniger dramatisch als zu befürchten war. Bevor Maribel sich erhob, drehte sie ihr Röckchen am Bund um ein paar Zentimeter nach links, wobei das stofflose Dreieck am linken Oberschenkel lag und der Schritt beinahe ganz knapp verhüllt war. Der Schritt - nicht aber der Po, zu dem sich keinerlei Verdeckungsmaßnahme anbot. Gute fünf Zentimeter lag der frei. Oder auch nicht; denn da war ja noch die Strumpfhose. Die man allerdings nicht sah. Gut ein Zentimeter fehlte auch vorn zur knappen Verhüllung; aber um dies zu erkennen, musste man schon etwas genauer hinsehen. Also gut, das Schlimmste war ganz knapp verhindert - und Armin erkannte an, dass sie wenigstens darum bemüht war. Alle Anwesenden, zum Glück um diese Zeit noch nicht sehr viele, schauten Maribel bei ihren Gängen zur Toilette nach und bewunderten ihr Hinterteil, beim Zurückkommen auch besonders ihren Busen. Und zur Anerkennung setzte es eine Runde nach der anderen für sie und ihren Mann. "Heute fahren wir aber mit dem Taxi nach Hause", musste Armin schon bald folgern, "ich will die Alkoholfahrten ja nicht zur Gewohnheit werden lassen und brauche mittlerweile ja auch meinen Führerschein wieder unabdingbar, will also nichts mehr riskieren." Er prostete seiner Frau und dem Spender zu, und die Gläser wurden in einem Zug geleert. Die beiden nächsten standen schon bereit.

Bei Maribel machte sich der Alkohol bereits leicht bemerkbar, von Minute zu Minute wurde sie etwas unbeschwerter und lockerer. Automatisch, nicht vorsätzlich auch in ihrer Körperhaltung. Das peinliche Zusammenpressen der Oberschenkel war gewichen. Zwar saß sie noch keineswegs mit gespreizten Beinen da, doch bequem und ohne Pressdruck. Das war nicht provokativ, genügte jedoch, um die Blicke frei zu geben, ganz locker auch auf ihren Intimschmuck. Und als der sehr eingehend betrachtet und dabei verzückt kommentiert wurde, auch von gelegentlich vorbei gehenden oder in der Nachbarschaft Platz nehmenden anderen Gästen, fühlte sie großen Stolz. Um Maribels gute Laune nicht zu bremsen, verkniff es sich Armin, sie auf die für ihn leicht peinliche Situation hinzuweisen. "Nach Hause gehen kann ich jetzt aber nicht mehr, es wird hier bei euch ja immer interessanter", meinte einer der beiden Umstehenden. Als die übliche Übersetzung ausblieb, fragte Maribel, was er gesagt hatte. Dann übersetzte Armin doch, woraufhin sie die Schenkel wieder zusammenpresste. Als er auch das darauf folgende "schade" übersetzte und nach seinem Glas zum Anstoßen griff, meinte Maribel "bueno", um die Schenkel zunächst deutlich zu spreizen und nach einigen Augenblicken wieder in die Ausgangsposition vor dem Zusammenpressen zu bringen, in etwa jedenfalls. "Irre Frau", wurde Armin auf die Schulter geklopft, "du bist zu beneiden." Maribel erbat wieder eine Übersetzung, um sich zunächst verbal mit "gracias" zu bedanken - und dann auch noch so, wie es zu befürchten war: sie drehte sich zu Armin hin und beließ es nun bei deutlich gespreizten Schenkeln, die ihr zuteil werdenden Blicke sichtlich genießend.

Armin, mit ständigen Übersetzungen beschäftigt, war es leid, seine Frau mehr oder weniger von der Seite anzusprechen, weshalb er den ganzen Körper zu ihr hindrehte. Maribel bedankte sich für diese deutliche Zuwendung, indem sie aufstand, um ihn inniglich zu umarmen. Da sie sich auf ihn zu beugte, wurde der Po nun nahezu vollständig sichtbar. Nachdem Armin dies bemerkte, als er während der Umarmung hinten an ihr hinab sah, löste er sich sanft von ihr in der Hoffnung, dass sie sich nun wieder hinsetze und so die Peinlichkeit etwas kleiner würde. Doch nun platzierte Maribel ihre Füße an dem dafür vorgesehenen Ring seines Barhockers, während sie sein Knie zwischen ihre Oberschenkel nahm. Armin gab auf und ließ sie gewähren. Wahrscheinlich ging es ihr ja nicht einmal nur darum, sich vollständig zu offenbaren - vermutlich wollte sie ihn auch nur spüren. Schließlich hatten ja ohnehin schon alle alles gesehen. So nahm er es auch hin, dass sie bei den folgenden Toilettengängen ihr Röckchen nicht mehr zurecht rückte. Aber er unterstellte ihr auch dabei, dass sie es nicht provokativ nicht tat, sondern allenfalls, weil es ihr nicht wichtig erschien, vielleicht auch nur aus Vergesslichkeit. Nüchtern war sie ja mittlerweile auch nicht mehr. Als Maribel von der Toilette zurück kam, hatte eine sich mittlerweile zu den beiden umstehenden Männern gesellte Frau kurz auf ihrem Barhocker niedergelassen, um ihr jedoch sogleich den Platz wieder frei zu machen. Doch sie bedeutete ihr, sitzen zu bleiben, da sie mal eine Weile stehen möchte. Als sie Armin umarmte, stellte sie einen Fuß mit deutlich abgewinkeltem Oberschenkel auf seinen Barhocker, um ihn mit ihrem so besonders verführerischen Aussehen etwas aus der Reserve zu locken. Der erkannte diese wohlgemeinte Geste an und nahm es deshalb auch widerspruchslos hin, dass über ihre dabei insgesamt etwas angewinkelte Körperhaltung sich das Röckchen nach oben zog und besonders den einen Pobacken wieder weitestgehend frei legte. Er fasste ihr sogar unter den Bolero und streichelte ihren Busen; hier hielt er eine entsprechende Zurückhaltung nun auch nicht mehr für nötig. Und es war ein schönes Gefühl - nicht nur für Maribel, sondern auch für ihn. Ihre Brustwarzennippel wuchsen an, aber auch das war ihm jetzt einfach egal. Fortan spielte Armin fast ohne Unterbrechung mit den beiden schmückenden Ringen und dem, was sie hielt..

Es war mittlerweile gegen 20.00 Uhr, und das Lokal hatte sich wie immer um diese Zeit geleert. Erst gegen Mitternacht, wenn die umliegenden Lokale langsam dicht machten, war hier wieder mit einem Ansturm zu rechnen, wie stets um Mitternacht. Außer ihnen beiden waren nur noch die bislang bei ihnen gestandenen beiden männlichen Gäste und deren Begleiterin anwesend. Da man sich gut verstand und bereits recht vertraut miteinander war, glaubte Maribel es sich leisten zu können, Armins noch untätige zweite Hand zu nehmen und zu ihrem Schritt zu führen; denn sie befand sich bereits wieder in deutlicher Erregung. Als der ihrem Wunsch entsprach und die Streicheleinheiten folgen ließ, hauchte sie ihm ins Ohr: "Die Strumpfhose stört, ich ziehe sie aus." Doch nun fand Armin, die Grenze sei erreicht: "Aber nicht hier. Wenn schon, dann bitte auf der Toilette." Womit seine Frau sich kurz verabschiedete, um nach nicht einmal zwei Minuten zurück zu sein. Aber ihr Armin war nicht mehr anwesend; denn auch seine Blasenkapazität war begrenzt. Als der Wirt seine Abwesenheit mit "Toilette" erklärte, nahm sie beruhigt Platz, den Rücken an die Theke lehnend und die Ellbogen darauf abstützend, also deutlich nach hinten gebeugt. In dieser verführerischen Pose solle Armin auf zu zukommen, so wollte sie ihn erwarten. Die Gäste neben ihr, besonders die Männer, waren verzückt, schoben ihre Barhocker zwecks besserer Sicht ein gutes Stück zurück. Maribel fühlte sich geschmeichelt und drehte sich leicht zu ihnen hin. Zudem stellte sie die Beine noch etwas weiter auseinander. Ihr Piersing musste schließlich angemessen präsentiert werden. Eine knisternde Spannung lag in der Luft. Dann kam Armin zurück.

Der schüttelte leicht den Kopf, als er auf sie zuschritt, doch sie versuchte ihn zu beschwichtigen: "Werde doch bitte locker, sieh's nicht so verkrampft - an unserem ersten Tag nach langer Trennung. Habe ich dir denn überhaupt nicht gefehlt?" Der konfuse Armin, nun wieder intensiv umworben, wollte sich eine Antwort ersparen, indem er sie ersatzweise umarmte und ihr einen kurzen Kuss auf den Mund drückte. Als er sich in normaler Position neben sie auf den Hocker setzte, drehte auch sie sich um in dem Glauben, nun mehr oder weniger ihr Ziel erreicht zu haben. Wortlos schaute sie ihm lange in die Augen. Er glaubte ihre Erwartungshaltung zu erkennen, wollte sie nicht enttäuschen und legte seine Hand wieder in ihren Schritt, wo nun keine Strumpfhose mehr störte, sondern zusätzlich ein Ring zum Verweilen lockte. Maribel erhob sich, seine Hand mit der ihren fixierend, damit er sie nicht wieder zurück zöge, und stellte sich schräg vor ihn, mit dem Rücken zu ihm und ihren Kopf zärtlich an seine Wange legend. So fühlte sich sehr wohl. Armin betrachtete von oben ihren schönen Busen, wurde so langsam angeregt, knabberte ihr zärtlich am Ohr und leitete das zärtliche Streicheln in ihrem Schritt langsam zum sanften Massieren über, ganz wie sie es erwartete.

Nach einiger Zeit wurden seine Finger feucht, und es kam, wie es kommen musste. Maribel hauchte ihm zu: "Bitte führe mich zum Orgasmus, bitte." "Unter zwei Bedingungen: Erstens nicht in öffentlicher Darbietung, sondern so dezent wie im Moment - und zweitens nur, wenn du dich zusammen nimmst, nicht sonderlich zuckst und vor allen Dingen nicht laut und vernehmlich stöhnst. Traust du dir das zu?" "Es wird schwierig, muss aber so sein, was mir auch ohne deine Bedingungen klar war. Ich bemühe mich nach Kräften. Mache bitte ganz, ganz langsam weiter. Vielleicht sollten wir, um mich etwas abzulenken und zu bremsen, Gespräche mit unseren Nachbarn führen?" "Gute Idee", befand Armin, woraufhin Maribel ihr nur noch mäßig gefülltes Glas hob und den Sitznachbarn zuprostete. Die, besonders die beiden Männer, mussten ihre Blicke nach oben nehmen, erwiderten Maribels "salud", waren dankbar für das ihnen gezeigte Interesse und ganz nach Maribels Taktik wieder mitten im Gespräch mit ihnen. Nachschub an frischem Bier stand sofort wieder bereit.

Armin massierte sehr dezent und möglichst unverfänglich, aber ununterbrochen weiter. Natürlich war dies den anderen nicht verborgen geblieben, doch sah es für die eher nach oberflächlichem Streicheln besonders des Ringes aus und keineswegs so, dass er seine Frau langsam, aber gezielt zum Orgasmus führen wollte. Immer, wenn deren Atem deutlich heftiger wurde, lenkte er ab mit einem neuerlichen "salud". So zog sich Maribels Wohlbefinden sehr lange hin, wurden einige Gläser geleert und gab es für die anderen viel zu sehen.

Nach zig Wiederholungen konnte und wollte Maribel sich nicht weiter bremsen. "Jetzt bitte" hauchte sie Armin zu, um sich noch heftiger an ihn zu schmiegen und seine untätige Hand zu ihrer Brust zu führen, dort festzuhalten. Ihre andere Hand legte sie über seine massierende, um ihm dort so etwas mehr Bewegungsfreiheit zu ermöglichen. Und dann konnte sie es nicht mehr erwarten. Sie befand sich unmittelbar vor dem Höhepunkt. Armin begann, auch ihre Brustwarze zu massieren, führte seine Zunge in ihre Ohrmuschel und verstärkte auch sanft den Druck in ihrem Schritt bei schneller werdenden Bewegungen. Maribel atmete heftig und heftiger, um nach nur noch wenigen Sekunden über ein starkes und langes Ausatmen und Armins nasse Hand zu zeigen, dass es geschehen und ihr Wunsch erfüllt war. Armin presste daraufhin seine Hand fest in ihren Schritt und sie flüsterte: "Gracias, gracias, muchas, muchas gracias." "Das war doch eben ein Orgasmus?", fragte nun die noch absolut nüchterne Dame neben ihr, während ihre beiden männlichen Begleiter wohl gar nichts mitbekommen hatten - und Maribel gestand: "Sí", wobei sie aber ihren Finger auf den Mund legte und Verschwiegenheit erbat.

Armin fühlte sich sehr wohl mit seiner Hand in ihrem Schritt, und verständigte sich mit Maribel, den Abend in dieser Position langsam ausklingen zu lassen, seine Hand bis zum Aufbruch dort zu belassen - und bedankte sich bei ihr, dass sie mit ihrer großartigen Beherrschung eine allzu große Peinlichkeit vermieden hatte. Vor dem zu erwartenden großen Ansturm meist alkoholisierter Gäste wollten sie die Kneipe verlassen, was sie bei Maribels Outfit für angebracht hielten. Sie würden sich also bald ein Taxi rufen lassen; morgen wolle er mit dem Bus wieder her fahren, um das Auto abzuholen.

Die folgenden Tage verliefen sehr harmonisch. Ständig war das Paar zusammen, alles erledigten die beiden gemeinsam. Deutliche Kritik hatte Armin nur in einem Punkt zu Maribels Verhalten anzumelden, immer noch wie schon von Beginn ihres Zusammenlebens an: Sprachlich hatte sie noch keine nennenswerten Fortschritte gemacht - und hinsichtlich des Erlernens der deutschen Sprache bemühte sie sich nach seinem Empfinden viel zu wenig. Stets, wenn er sie darauf ansprach, redete sie sich damit heraus, dass die deutsche Sprache sehr schwierig sei. Jetzt überraschte sie Armin zudem mit dem Vorschlag, das gemeinsame Domizil doch bitte nach Spanien zu verlegen. Da Armin sehr gut Spanisch sprach, seien damit alle Sprachprobleme gelöst. Wer hatte ihr wohl diesen Floh ins Ohr gesetzt? Armin verkniff sich die Frage danach, ging jedoch auch auf ihren Vorschlag nicht weiter ein. Für ihn war klar: Wer in ein anderes Land strebt, hat zunächst einmal dessen Sprache zu erlernen. Eigentlich noch, bevor er sich in das betreffende Land begibt. Zumindest so weit, dass es, wenn auch unter intensiver Zuhilfenahme von Wörterbuch, Händen und Füßen, zu einer groben Verständigung reicht. Wie er selbst es ja schließlich auch tat, bevor er zum ersten Mal nach Mexiko flog. Derart präpariert setzen die sprachlichen Fortschritte dann von selbst ein, wenn man vor Ort die Sprache praktiziert - und ist es nur eine Frage der Zeit, bis man sie ganz leidlich beherrscht.

Wenn man sich jedoch in keiner Weise vorbereitet und stattdessen immer nur den Kontakt zu Menschen sucht, die sich mit einem in der eigenen Sprache unterhalten können?

Celi rief Armin wie versprochen ohne Maribels Beisein an. Wahrheitsgemäß informierte er sie über die jüngsten Veränderungen und seine innere Zerrissenheit. Gleichzeitig bat er sie um etwas Geduld, weil er das anliegende Problem nun in irgendeiner Weise rasch lösen müsse. Auf jeden Fall versprach er, kurzfristig nach Mexiko zu kommen. Eventuell gemeinsam mit Maribel, damit man zu dritt über eine Lösung des ja schließlich alle drei betreffenden Problems reden könne? Von diesem Vorschlag hielt Celi nichts. Dass Armin seine Verantwortung als Ehemann ernst nahm, gefiel ihr gut. Volles Verständnis hatte sie auch, dass er Maribel nicht einfach sich selbst überließ, sondern sie in einer Notsituation wieder aufnahm. Seinen Liebesbeteuerungen glaubte sie - etwas Probleme bereitete ihr seine Zusicherung, dass es zwischen Maribel und Armin zwar zu Zärtlichkeiten, jedoch nicht zum Sex kam und komme. "Das ist ja auch momentan nicht so wichtig", fügte Celi an, "weil ich sicher bin, dass sich das Verhältnis zwischen euch beiden wieder vollständig normalisieren wird und ihr künftig wieder eine normale Ehe führt. Du bist nun einmal mit ihr verheiratet. Unsere Beziehung ist Vergangenheit. Wir können als Paar keine Zukunft haben."
"Nein, nein, nein, so einfach ist das nicht", entgegnete Armin - und nun wieder weinend stammelte Celi dann noch: "Lass uns bitte Freunde bleiben. Hasta luego." Sie legte den Hörer auf, weil sie sich außerstande fühlte, in diesem Moment das Telefonat fortzusetzen. Und Armin fühlte sich etwas erleichtert, weil er nicht weiter in eine Richtung argumentieren musste, für die er sich bislang noch nicht verbindlich entscheiden konnte. Er brauchte einfach noch etwas Zeit und wollte zunächst einmal die Entwicklung der kommenden Tage und vielleicht auch Wochen abwarten.

Beim nächsten Besuch ihrer Stammkneipe, diesmal in normaler Kleidung im Anschluss an den wöchentlichen Großeinkauf, geriet der Wirt sofort ins Schwärmen: "Euer letzter Besuch hier war ja mehr als frivol und prickelnd, ich träume schon bald von Maribel. Die beiden Burschen, die zuletzt bei euch saßen, kommen auch aus dem Schwärmen nicht mehr heraus. Ihr beiden seid hier das große Gesprächsthema. Alle warten darauf, Maribel das nächste Mal oder viele auch überhaupt einmal in ihrer, na sagen wir mal 'neckischen' Aufmachung zu sehen. Ach könnte sie doch nur etwas Deutsch - und dann hier bedienen; in einem leicht erotischen, natürlich lange nicht so extremen Outfit. Das würde im Handumdrehen die Gästeanzahl verdoppeln und ergäbe garantiert irre Trinkgelder für sie. Nur ein paar Stunden am Tag, und sie könnte klotzig verdienen. Doch gänzlich ohne Sprachkenntnisse ist da leider nichts zu machen. Aber bei der Gelegenheit:

Ihr kennt doch Holger und seine Freundin Christel. Die übrigens auch nicht ganz ohne ist, ganz schön feurig, fast wie eine Latina. Also Holger wird morgen 50 und will am Samstag hier feiern. Ich soll euch beide herzlich einladen, verbunden mit der Bitte, wenn das nicht zu anzüglich ist, dass Maribel im selben Fummel erscheint wie beim letzten Mal, um seiner Feier zum runden Geburtstag einen besonderen Touch zu verleihen." Als Armin übersetzte, fragte Maribel: "Und wenn ich in meiner jetzigen Kleidung komme, sind wir dann nicht eingeladen?" "Das glaube ich nicht. Eine Bedingung wurde nicht gestellt, nur die Bitte geäußert. Aber Holger wird nach der Arbeit in den nächsten Minuten sicher hier erscheinen, redet doch selbst mit ihm."

Es dauerte keine zehn Minuten, bis Holger sie begrüßte, seine Einladung wiederholte und seine große Bewunderung darüber ausdrückte, was ihm über die äußerst sexy Maribel zu Ohren kam. Als die ihre dem Wirt gestellte Frage wiederholte, reagierte Holger mit leichter Entrüstung: "Aber wie schätzt du mich denn ein? Würdest du mir eine solche Schäbigkeit wirklich zutrauen? Selbstverständlich ist meine Einladung völlig unabhängig vom Dress meiner Gäste, was auch für dich gilt. Es wäre nur ein prickelnder Wunsch - und wenn der in Erfüllung ginge, hätte ich damit sicher mein tollstes Geburtstagsgeschenk." Und dann meinte Maribel auf Armins Nicken zu ihrem fragenden Blick: "Du wirst dein Wunschgeschenk bekommen." Holger äußerte sich scherzhaft darüber, dass er gerade erführe, wie sehr man sogar seinem 50. Geburtstag entgegen fiebern könne.

Als Maribel in einem vertraulichen Gespräch mit Armin über die bevorstehende Geburtstagsfeier redete, schlug sie auf Armins Hinweis, dass ja gerade am Samstag-Abend sicher eine gut gefüllte Kneipe zu erwarten sei, vor: "Dass ich das Röckchen und den Bolero vom letztem Mal trage, versprach ich ja, kleidungsmäßig kann und will ich also nichts ändern. Verdecken lässt sich mit diesen beiden Stücken ja nun auch mit größten Anstrengungen nichts, was wohl auch bestimmt nicht gewünscht wäre. Die Strumpfhose wäre deshalb eigentlich schon angebracht, nur habe ich da ein Bedenken: Mich so intensiv mit deinen Zärtlichkeiten bedienen wie beim letzten Mal wirst du mich in großer Gesellschaft sicher nicht, das würde ich diesmal auch nicht unbedingt erwarten. Aber Zärtlichkeiten mit dir werden nicht ausbleiben - und die sind für mich schon anregend genug. Hinzu kommen die Blicke, mit denen ich garantiert rechnen kann, jetzt beringt wahrscheinlich besonders intensiv, die zudem recht erregend sind, nicht nur für meine Betrachter. Also so oder so kann ich es nicht vermeiden, feucht zu werden. Das wird man an der Strumpfhose sofort sehen. Und ich glaube, das wäre dann doch etwas zu peinlich. Also werde ich hier wohl ohne Strumpfhose erscheinen müssen, oder wie siehst du das?" Armin konnte nur eine Antwort geben: "Ich kann es nur so wie du sehen, also ohne." Maribel freute sich schon enorm darauf, mal wieder die Queen des Abends zu sein.

Doch sie fieberte dem Samstag noch aus einem anderen Grund entgegen. Im Stellenmarkt der Tageszeitung möchte sie mit Armin auf Jobsuche gehen, eventuell Bewerbungen verschicken oder, falls möglich, telefonisch Vorstellungstermine vereinbaren. Armin hatte bezüglich dieser Erwartung etwas gemischte Gefühle, weil ja, zumindest für ihn, zwischen ihnen noch lange nichts definitiv entschieden war. Dennoch besorgte er am Samstag sehr früh schon die Zeitung; schließlich malte er sich zumindest für

Maribel ohnehin noch kaum Chancen aus. So gut hätte sie das Vierteljahr der Trennung nutzen können, um deutlich in die deutsche Sprache einzusteigen; doch nichts, absolut nichts geschah in dieser Richtung.

In der Eifel wurde ein Hausmeister-Ehepaar für ein größeres abgelegenes Anwesen gesucht, wobei das genaue Festlegen von Art und Umfang der Tätigkeiten sich an den Interessen und Fähigkeiten der Bewerber orientieren sollte und sich eine breite Spanne anbot. Armin erhielt auf seinen Anruf spontan einen Vorstellungstermin für den Nachmittag. Unter normalen Umständen, also ohne Celi im Hintergrund und bei einem zumindest anfänglichen Beherrschen der deutschen Sprache durch Maribel, wäre Armin der Meinung gewesen, schon beinahe einen Traumjob für sie und sich gefunden zu haben. Neben den üblichen Tätigkeiten eines Hausmeisters in Haus und Garten (hier großem Umland) wäre für ihn eine Fahrertätigkeit in Betracht gekommen und bei seinem entsprechenden Vorleben sogar der Einsatz im administrativen Bereich. Dem weiblichen Part war nicht nur das Bekochen von Familie und Gästen zugedacht, sondern auch deren Bewirtung mit diversen Unterstützungen in allen möglichen Bereichen. Aber ohne Sprachkenntnisse ..... Wie lange Maribel denn eventuell noch bräuchte, um sich solche anzueignen? Wie lange sie sich denn schon in Deutschland aufhielte? Ach, doch schon so lange - und dann noch kaum ein Wort Deutsch sprechend ..... Das wäre dann ja wohl nicht gerade vielversprechend im Hinblick auf die Zukunft. Man wolle dann auch einmal die übrigen Bewerbungen abwarten und in der kommenden Woche die Entscheidung mitteilen. Einstweilen wünsche man dem jungen Paar alles Gute.

Dass die Mitteilung einer Entscheidung nicht mehr nötig war, musste Armin Maribel unmissverständlich klar machen, auch wenn deren Selbstwertgefühl damit einen deutlichen Kratzer erhielt. Wie gut, dass ihnen gerade heute ein Abend bevorstand, der ihr Selbstwertgefühl wieder erheblich nach oben katapultierte. Die ihr zuteil werdende Bewunderung sei ihr vergönnt, sie möge diese in vollen Zügen auskosten. Gleichgültig, wie weit sie ginge - Armin würde nicht meckern. Also fuhren sie nach Hause, um noch eine Kleinigkeit zu essen - später würde es ja noch mehr geben - und sich umzuziehen. Und dann ging's zur Kneipe.

Es war später Nachmittag, wo die meisten Männer noch bei der Sportschau vor dem Fernseher sitzen. Lediglich Holger und Christel waren bereits anwesend - er beim Bier an der Theke und sie helfend in der Küche beschäftigt, Auch Ramona, die Bedienung zu Zeiten starker Frequenz, war bereits erschienen und intensiv mit den Vorbereitungen beschäftigt. Holger konnte es kaum erwarten, bis Maribel ihren Mantel ablegte. Aber erst einmal erhielt er seine nachträglichen Geburtstagswünsche und eine Flasche guten Weins als zusätzliches Geschenk zu dem, was Maribel ihm gleich offenbaren werde. Kalt war ihr nicht, doch genoss sie es, die gespannte Erwartung noch eine Weile auszukosten. Endlich half ihr Armin aus dem Mantel, um diesen an der Garderobe aufzuhängen. Maribel blieb vor Holger stehen, damit der den Anblick ungetrübt genießen konnte. Als er darum bat, sie zum Dank herzlich umarmen zu dürfen, riss sie ihre Arme auseinander - und somit auch den Bolero. Der ganze wunderbare Körper offenbarte sich ihm somit, so dass Holger scherzhaft in Richtung Küche rief: "Christel, ich bin spitz, komm, lass uns nach Hause gehen!" "Dann will ich mir doch gleich mal den Grund anschauen kommen", antwortete seine Freundin, um die Küchenarbeit für eine Weile zu unterbrechen und die ersten Gäste zu begrüßen. "Schämt ihr euch auch nicht, mich so in eurer Gästerunde zu haben?", fragte Maribel mit leichter Besorgnis; denn es war ihr schon klar, für einen Auftritt in aller Öffentlichkeit in einem äußerst extremen Outfit zu stecken. "Zugegeben, das ist schon ganz schön heftig", gestand Christel offen, um aber sogleich die Entwarnung folgen zu lassen: "Aber kein Grund zur Scham bei der tollen Figur. Ganz im Gegenteil, auch die anderen werden garantiert alle begeistert sein. Schließlich handelt es sich ja auch um Holgers Wunschgeschenk, welches übrigens nicht mehr zu toppen ist. Also - auf einen angenehmen Abend." Sie nahm sich Holgers Glas, um mit Maribel und Armin anzustoßen.

Als so langsam auch die übrigen Gäste eintrudelten, nahm man an einem großen Tisch, gebildet aus mehreren kleinen zusammengestellten Tischen, Platz, wobei sich Maribel auf Armins Schoß setzte. Noch wurde sein Hosenbein nicht feucht, wie lange wohl noch? Denn dass Maribel diese Sitzgelegenheit auch für den Rest des Abend bevorzugen möchte, hatte sie ihn wissen lassen. Auch Christel hatte ihre Küchenarbeit beendet. Sie begab sich zur Theke, um die Musik etwas lauter zu drehen und dann Maribel zum Tanz zu bitten. Denn ihr Holger war ein ähnlicher Tanzmuffel wie Armin. Ein weiteres Paar schloss sich an. Maribel wusste genau, was man nun von ihr erwartete beziehungsweise sich von ihr erhoffte - und gestaltete ihre Tanzbewegungen genau nach den Erwartungen der noch kleinen Zuschauer-Gruppe. Aber auch später, wenn sich die Gästeanzahl deutlich vergrößert und das Lokal gefüllt haben würde, sähe sie keinen Grund, sich weniger frivol zu geben wie auch ihren Schmuck zur vollen Geltung zu bringen. Ganz im Gegenteil - denn auch der Alkohol würde ja seine Wirkung zeigen. Unterkörper nach vorn, dann mal den Hintern zurück, möglichst bei gleichzeitig nach vor gebeugtem Oberkörper, Schultern nach hinten mit dem ganzen Oberkörper: Abwechselnd präsentierte Maribel jedes Schmuckstück ihres Körpers in besonders reizvoller und aufreizender Pose. Schon kurz nach Beginn der ersten Tanzrunde musste sie kurz unterbrechen, um ihre Schuhe auszuziehen und zu Armin an den Tisch zu bringen; denn bei diesen heftigen Bewegungen und Wirbeln konnten die nur stören, würden auch kaum heil die ganze Nacht durchstehen. Auch barfuß wirkte sie nicht weniger aufreizend. Im weiteren Verlauf des Abends wurden auch Armins Hosenbeine feucht, wenn Maribel auf seinem Schoß Platz nahm. Anfangs hatte sie dies noch in gleicher Sitzrichtung wie er getan, aber immer öfter drehte sie sich um, nicht nur, um ihm in die Augen zu schauen.

Ihre Beine links und rechts von seinem Körper, so setzte sie sich auf seinen Schoß. Und wenn sie ihn dabei umarmte, nahm sie ihren Oberkörper anschließend meist weit zurück, sich mit den Händen an seinem Hals festhaltend. Diese Stellung legte nicht nur ihren Busen vollständig frei. Armins Hosenbeine wurden dabei gewöhnlich besonders feucht; denn auch sie selbst fühlte sich von dieser Sitzhaltung und den Blicken außergewöhnlich erregt, besonders über die Länge, in der sie derart aufreizend saß, sich munter unterhielt und auch immer wieder ihr Glas zum Mund führte. Holger saß von Beginn an neben Armin und konnte gar nicht genügend Worte finden, seine Faszination auszudrücken und sich für sein Geburtstagsgeschenk zu bedanken. Er holte einen 50-Euro-Schein aus seiner Brieftasche, rollte ihn zusammen und steckte in wortlos mit ein paar Liebkosungen in den Ring in Maribels Schritt. Die bevorzugten Plätze an diesem Abend waren die Stehplätze hinter Armins Rücken.

Als es mal etwas ruhiger um sie herum wurde, kam eine Frau, die einige Stühle neben ihnen saß, auf Armin zu: "Ich muss jetzt einfach mal eine Frage stellen, die ihr mir hoffentlich nicht übel nehmt. Den ganzen Abend schon bewundere ich die rasierte Muschi deiner Frau und habe heute auch Lust darauf bekommen. Verdammt gern würde ich sie mal anfassen. Ob ich das darf?" Als Armin seiner Frau dies übersetzte, bedurfte es keiner Antwort, weil Maribel sich etwas von Armins Schoß erhob, den Geldschein heraus zog und ihnen das Objekt der Begierde auffordernd und lustvoll entgegenstreckte. Die Lady legte ihre linke Hand auf Armins linke Schulter und beugte sich mit dem Oberkörper auf der anderen Seite zu Maribel, um deren Aufforderung gespannt und erregt nachzukommen. Armin hatte den Eindruck, dass sie sich dabei absichtlich so beugte, dass sie seine Wange mit ihrem Busen berührte und so auch demonstrierte, keinen BH zu tragen. Maribel streichelte sie nicht nur zaghaft oberflächlich, sondern so, wie ein Mann eine Frau mit der Hand im Schritt verwöhnt. "Mein lieber Jolly", flüsterte sie Armin ins Ohr, "die ist ja ganz schön feucht". Der spürte, dass es noch feuchter wurde, und antwortete: "Tja, dann musst du wohl noch etwas weiter machen, sie mag es offensichtlich sehr." Und sie streichelte und massierte noch eine ganze Weile weiter, bis Maribel plötzlich meinte: "Genug, danke." Sie wusste, dass sie noch weiter nicht gehen durfte, die Toleranzgrenze nicht nur bei Armin war sicherlich soeben erreicht, wenn auch nicht bei allen, momentan jedenfalls.

Der Partner der Streichellady kam auch heran und meinte, seine Frau habe ihm Mut gemacht, weshalb er sich nun erlaube, auch darum zu bitten, einmal fühlen zu dürfen - denn schon lange rede er auf seine Frau ein, sich doch bitte auch zu rasieren. Armin übersetzte - danach auch Maribels Antwort, von ihm noch leicht ergänzt: "Im Moment leider nicht, weil es noch zu viele Zuschauer gibt und wir nicht noch mehr provozieren möchten. Aber setzt euch doch hier zu uns - und wenn's mal etwas ruhiger ist und nicht so auffällt wie im Moment, hat Maribel nichts dagegen, sich auch von dir diskret befühlen zu lassen." Die Stühle wurden gerückt - und es hatte sich eine neue Gesprächsrunde ergeben.

Um den Wunsch des neuen Gesprächspartners möglichst diskret zu erfüllen, nahm Maribel nach der nächsten Tanzpause normal und in seiner Richtung auf Armins Schoß Platz, wobei der Stuhl relativ nahe am Tisch stand und so Einblicke zumindest von der gegenüberliegenden Seite verhindert wurden, womit sie auch die Beine weit spreizen konnte, um das volle Gefühl zu vermitteln wie auch zu genießen. Als sich dann auch noch Holger, der so kaum etwas zu verpassen glaubte, für eine Weile an die Theke begab, fasste Maribel nach der Hand ihres speziellen Bewunderers, um sie beim gleichzeitigen Spreizen der Beine zu ihrem Schritt zu führen. Der genoss die bislang für ihn einmalige Gelegenheit, beließ es jedoch beim Fühlen und Streicheln - traute sich nicht, eine intime Massage wie seine Frau zu betreiben. Maribel ließ ihn gewähren und hatte keine Eile, das Probestreicheln rasch zu beenden. Gern hätte sie auch ein paar Massagebewegungen gespürt. Da die aber einfach nicht einsetzten, nahm sie Armins Hand und führte sie zur Unterstützung heran, wobei sie aber ihre andere Hand auf die ihres Streichelfans legte, damit der die nicht zurückzöge, wenn Armin sein Werk begann. Durch die Hände zweier Männer in ihrem Schoß steigerte sich ihre Erregung derart rasch und heftig, dass sie just in dem Moment um Beendigung der außergewöhnlichen Sitzung bitten musste, als auch der andere endlich mit den Massagen begann. Sie erhob sich, um zur Abkühlung nun mal eine Weile ihr Hinterteil zur Geltung bringen. Deshalb begab sie sich hinter ihn, um sich nach vorn zu Armin zu beugen und, während sie ihren Bolero einseitig über seinen Kopf zog, damit sie ihren Busen ungestört an seine Wange legen konnte, sich mit den Handflächen auf seinen Oberschenkeln abstützte.

Als Holger zurück kam, konnte er der ihm derart verführerisch, ja aufreizend und auffordernd entgegengestreckten Pracht nicht widerstehen - er griff Maribel zaghaft von hinten in den Schritt und begann mit einer Mischung aus Massage und Streicheln, als die animierend die Beine deutlich spreizte. Armin, der dies mitbekam, wurde diese Frau nun langsam doch etwas zu anstrengend. Als er "Maribel, bitte ..." sagte, ahnte die Angesprochene, dass er sie wohl darum bitten möchte, diese neuerliche Aktion zu beenden. Holgers Hand bekam ihr jedoch derart gut, dass sie die erst noch eine Weile genießen wollte. Deshalb begab sie sich spontan mit einer Hand in Armins Hose und Unterhose zu seinem besten Stück. Und der war damit zunächst entwaffnet.

Doch nicht diese Situation ließ ihn nun an Celi denken, sondern seine Maribels Handanlegen vorhergehenden Gedanken. Es wurde ihm sehr klar, dass das, was er vor Monaten mit Maribel erlebte und sich nun fortsetzte, nicht die Basis für eine dauerhaft funktionierende und glückliche Ehe sein konnte. Hätte Celi sich nicht gemeldet, würde er gern eine Weile, so lange es halt gut gegangen wäre, die Ehe mit Maribel weitergeführt und die einzigartigen Momente mit ihr in vollen Zügen ausgekostet haben. Maribel war schon toll und zauberhaft sowie meist auch eine sehr liebe Frau. Aber alles in Allem erschien Armin die Vorstellung immer unmöglicher, ja perverser, für diese Frau auf seine Große Liebe zu verzichten. Er wollte nicht länger mit sich hadern, überhaupt einmal eine solche Erwägung angestellt zu haben, sondern froh und glücklich darüber sein, rechtzeitig die korrekten Gedanken gefasst und die richtige Entscheidung angedacht zu haben. Die war gerade in diesen Minuten gefallen, der heutige Abend sollte mehr oder weniger die Abschiedsvorstellung darstellen, weshalb er Maribels Frivolität und Lüsternheit über den Alkohol auf ein Höchstmaß steigern und ihr dann möglichst viel Gutes zukommen lassen wollte, zum Abschied und Abschluss. Maribel verdiente auf jeden Fall seinen Respekt - und die ihr gegenüber gefühlte Verantwortung empfand er nicht als gering. Noch hatte er die

Aufgabe der Quadratur des Kreises nicht gelöst. Er befand sich auf dem besten Weg zur Lösung, doch war es noch nicht ganz geschafft. Nur zwei Dinge standen unumstößlich fest: Auf Celi wollte und würde er nicht verzichten - und Maribel wollte und würde er nicht enttäuschen. Diese beiden sich beißenden Vorsätze müssten jetzt nur noch irgendwie passend gemacht werden. Erst einmal sollte Maribel ihren Abend in vollen Zügen auskosten. Er würde sein Bestes geben, sie in Höchstform zu bringen.

Als ihr vorhergehender Streichelnachbar Holger zuraunte: "ich durfte auch schon", fragte der ihn: "Und wo ist dein Geldschein?" Der kramte darauf hin zwei 20 Euro-Scheine hervor, um je einen Brustwarzenring damit zu bestücken, während Armin sie im Schritt liebkoste. Nun wurden auch andere Gäste aufmerksam und hielten Geldnoten bereit, nicht selten 50-Euro-Scheine, einmal sogar einen Hunderter. Maribel blieb sehr lange, bis ihr die Beine und der Rücken leicht schmerzten, zu Armin gebückt stehen, den Hintern lüstern weit nach hinten gestreckt. Hauptsächlich wurde sie am Po und zwischen den Schenkeln gestreichelt und massiert, oft jedoch auch am Busen. Umgehend geschah dies klar nach der Regel, jeweils dort, wo die intimen Berührungen erfolgten, auch einen Geldschein anzubringen, möglichst nicht kleiner als 20 Euro. Auch um dies zu erleichtern, stand Maribel mit besonders weit gespreizten Beinen da. Mehrmals, wenn es zu eng wurde, musste sie die Scheine entnehmen, um sie Armin in die Jackentasche zu stecken und Platz für Nachschub zu machen. Orgasmen waren nicht vermeidbar - und sollten von ihr aus auch nicht vermieden werden. Armin bekam sie jeweils deutlich mit über ihren heftigen Atem und ihre besonders intensiv werdenden Küsse und war dabei bestrebt, jeweils dort unterstützend einzuspringen, wo sich in diesem Moment keine fremde Hand befand. Immer, wenn es mal wieder so weit war, gab es meist einen besonders fetten Geldschein oder auch mehrere - und Maribel richtete sich dann jeweils für ein paar Minuten auf, um sich von der unbequemen Körperhaltung etwas zu entspannen wie auch alle deutliche Blicke auf ihre Scheinesammlung werfen zu lassen und zum Weitermachen zu animieren, deshalb jeweils mit weit gespreizten

Beinen und vollständig geöffnetem Bolero. Zum fortgeschrittenen Abend hatte sie dann aber auch diese beiden Stücke abgelegt, womit sie nur noch mit Uhr und diversem Schmuck bekleidet war, aber zur besseren Wirkung, die Tanzeinlagen waren ausgeklungen, auch wieder in ihren Higheels steckte. Ihre Streichler und Streichlerinnen durften sie von da ab drehen und in Pose bringen, wie es ihnen gerade genehm war; willig und höchst lüstern kam sie jeder Aufforderung nach. Meist waren mehrere zugleich mit ihr beschäftigt, was sie dann jeweils besonders auskostete und ihre Streichler auch durchaus wissen ließ. Als der Ring in ihrem Schritt mal wieder bis zur Kapazitätsgrenze gefüllt war, bat sie darum, ihr weitere Scheine doch bitte gleich vorsichtig unterhalb des Ringes einzustecken, wo es doch sehr viel mehr Platz gäbe. Dabei durften dann auch getrost eindeutige Bewegungen vollzogen werden; mit dem Scheinebündel oder auch einem Finger. Besonders genoss sie es, wenn sich gleich mehrere Personen mit ihren Händen um sie bemühten, besonders auch weibliche, da sehr gefühlvoll. Sie lag dabei förmlich auf Armin, die Schenkel weit gespreizt. Dennoch kam niemand der vielen Anwesenden auf die Idee, mehr von ihr zu erwarten als solide Handarbeit. Ein offenes Geheimnis wurde anstandslos anerkannt, welches da lautete: Bis hier hin - und nun aber wirklich nicht mehr weiter! Deshalb wurde es ein rundum und für alle sehr angenehmer Abend; für Maribel ein sehr lohnender zudem. Wie sie Armin später gestand, würde sie aus diesen unerwarteten Einnahmen ihren nicht gerade billigen Intimschmuck bezahlen, dessen Rechnung noch fast vollständig offen stand. Dieses Geständnis war für Armin dann die letzte Bestätigung, dass es mit dieser Frau tatsächlich keinen weiteren Sinn hatte. Sie würde ihn garantiert in den Ruin führen - doch dazu käme es nun sicherlich nicht mehr. Nach einem ihrer vielen Orgasmen dieses Abends hatte sie Armin mal gebeten, es ihr das nächste Mal doch bitte mit seiner Zunge zu besorgen. Diesen Wunsch musste er jedoch ablehnen; bevor er dies wieder täte, sei bei den vielen Händen erst eine gründliche Wäsche erforderlich - zu Hause im Bad, nicht nur hier schnell auf der Toilette.

Eine ganz natürliche Entscheidung

Zwei Wochen nach ihrer Rückkehr hatte Maribel bei der kubanischen Botschaft einen Termin, um dort ihre Papiere abschließend in Ordnung zu bringen und sich den ausländischen Aufenthalt endgültig genehmigen zu lassen.

Castros Administration hatte Armin schon einige Monate zuvor, als er zum ersten Mal mit Maribel die Botschaft aufsuchte, als reinen Abzockverein kennen gelernt, der Vorschriften, Anträge und Genehmigungen nur zu einem einzigen Zweck schuf und anwendete: zum Gebührenschinden. Wer gezwungen ist, bei einer kubanischen Auslandsvertretung vorzusprechen, kann sich des Eindrucks nicht erwehren, dass diese nicht nur angewiesen ist, sich selbst zu finanzieren, sondern darüber hinaus auch noch einen ansehnlichen, auf die heimatliche Insel zu transferierenden Gewinn zu erwirtschaften, weil die kaum über andere Einnahmemöglichkeiten verfügt, als Ausländer abzuzocken.

Nicht nur, dass kubanische Staatsbürger sich die Heirat mit einem ausländischen Partner und insbesondere auch den ausländischen Aufenthalt von der kubanischen Bürokratie genehmigen lassen müssen - die Gebühren für dieses Abstempeln diverser Anträge bewegen sich in schwindelerregenden Höhen. Was dem Fass jedoch den Boden ausschlug, war der gebührentechnische Umgang mit der Einführung des Euro: Die zuvor geltenden Gebührentabellen hatte man einfach unverändert übernommen; unverändert in den nominalen Beträgen der vielen Gebühren. Die Beträge waren gleich geblieben, lediglich wurde das 'DM' ersetzt mit 'EUR'; letztlich also ganz locker mal einfach eine Verdoppelung der Gebühren vorgenommen. Ganz ähnlich, wie man es bis dahin vornehmlich bei italienischen Eisdielen in Deutschland gewohnt war. Während die dortigen Gäste jedoch auf die Unverschämtheiten mit Boykott reagieren konnten, hatten die Botschaftskunden keine Möglichkeit, sich den kubanischen Wegelagerern und deren kreativem Gebührenschinden zu entziehen - abgesehen von der Einsicht, dass es bei unsinnigen und absolut überflüssigen Gebühren von insgesamt annähernd 1.000 Euro wohl doch etwas zu teuer ist, eine Kubanerin zu heiraten und dass man sich von daher gesehen besser in einem anderen mittel- oder südamerikanischen Land auf die Balz begibt.

Das Paar hatte jedenfalls die bürokratischen Hürden genommen, weil Maribel sonst hätte keinen kubanischen Boden mehr betreten dürfen und sie natürlich den Kontakt zu ihrer Familie auf Kuba nicht kappen konnte und wollte. Und Armin hatte gelöhnt. Alles in allem fast einen Tausender. Für Maribel war's eine Selbstverständlichkeit. Statt sich bei Armin für diesen nicht unbeträchtlichen finanziellen Aderlass zu bedanken, äußerte sie auf dem Nachhauseweg das Ansinnen, dass es mal wieder dringend an der Zeit sei, ihrem Sohn auf Kuba ein paar Hundert Euro zu schicken. Als Armin darum bat, damit erst einmal noch etwas langsam zu machen - schließlich sei man ja gerade erst vor ein paar Tagen wieder zusammen gekommen und existierten noch keinerlei Zukunftspläne, müsse man vor weiteren Investitionen durch Armin erst noch ein paar Dinge klären -, reagierte Maribel erstmals während der letzten zwei Wochen deutlich heftig und hielt Armin entgegen, eine solche Überweisung sei schließlich seine Pflicht als ihrem Ehemann. Der empfand diese ihre Einstellung als Unverschämtheit und stellte richtig:
"Dein Sohn ist nicht mein Sohn. Grundsätzlich bin ich ihm gegenüber zu gar nichts verpflichtet. Anders sieht das bei dir als Mutter aus. Und ich stimme dir zu, dass ich es als meine moralische Pflicht als deinem Ehemann ansehe, dich bei der Erfüllung deiner Pflichten nach besten Kräften zu unterstützen. Die Betonung liegt allerdings auf 'unterstützen'. Es ist nicht meine Aufgabe, für dich deine Pflichten zu erfüllen. Da du dauerhaft hohe Geldtransfers nach Cuba forderst, darf ich erst einmal von dir erwarten, dass du dich mit allen Kräften bemühst, an einer Verbesserung der finanziellen Basis mitzuwirken - als Voraussetzung dafür, dass ich überhaupt in der Lage bin, dich in deinen familiären Angelegenheiten dauerhaft maßgeblich zu unterstützen. Du verfügst über unendlich viel Zeit - hast keinen Haushalt zu führen, nicht einmal zu kochen, allenfalls mir bei diesen Dingen et-

was zur Hand zu gehen. Es gibt keine Kinder, die zu betreuen wären und auch sonst keine Pflichten für dich, welche dich zeitlich nennenswert in Anspruch nehmen. Also sollte es für dich eine Selbstverständlichkeit sein, dich um eine geeignete Arbeit zu bemühen. Was natürlich ohne die geringsten Sprachkenntnisse nicht funktionieren kann. Das verdeutlichte ich dir schon vor unserer Trennung. Du willst ständig viel Geld zu deiner Familie schicken. Dazu musst du erst einmal welches verdienen. In Deutschland kannst du erst Geld verdienen, wenn du die deutsche Sprache sprichst. Und was tust du dafür? Nichts. Absolut nichts. So geht das nicht. Überleg's dir, stelle dich etwas um, bemühe dich und lass uns dann künftig darüber reden, was wir wie gemeinsam tun können, uns angemessen um deine Familie zu kümmern. Jetzt in diesem Moment ist nicht der richtige Zeitpunkt für solche Streitereien."

Doch die Streitereien gingen während der gesamten Heimfahrt weiter. In Armin verstärkte sich die Erkenntnis, dass Maribel sich nicht wirklich geändert, sondern bislang lediglich ihren Jähzorn unterdrückt hatte und dass es in den zurückliegenden zwei Wochen nur keinen Anlass gab, sie richtig wütend werden zu lassen. Beide hatten sich erfolgreich bemüht, dass solche Situationen erst gar nicht entstanden. Was nun jedoch nicht mehr funktionierte; denn Maribel war an einer Stelle gekitzelt, wo sie sehr empfindlich reagierte: wenn es um ihre Familie und insbesondere um ihren Sohn ging.

Zwar hatte Armin, der ja auch seinen Sohn schon sehr früh allein erzog und die sich daraus ergebende hohe Verantwortung bestens kannte, keinerlei Einwände, wenn Maribel sehr besorgt um ihr Kind und hinsichtlich ihrer Verantwortung wenig kompromissbereit war. Ihre fordernde Art dabei und dass sie als selbstverständlich ansah, was keineswegs selbstverständlich war, dass ihr eigener Leistungswille und auch ihre Anerkennung zu gering und dafür ihre Bequemlichkeit und Unverschämtheit zu deutlich ausgeprägt waren, bereitete Armin arge Probleme, seit er mit Maribel zusammen lebte.

Damit klarzukommen, war schon in normalen Alltagssituationen nicht einfach. Doch in der jetzigen Situation gar, wo Armin sich emotional eindeutig zu Celi hingezogen fühlte und rational zumindest im Unterbewusstsein ja eigentlich nur nach Gründen suchte, seine ihn erdrückende Ehe abzustreifen, konnte er Maribel und ihre von ihm als unverschämt empfundene Haltung nicht länger akzeptieren. Für diese bequeme und unverschämte, wenn auch sehr schöne Frau auf seine *Große Liebe* verzichten?

Nein - jetzt wurde ihm entscheidungsreif klar, dass er dieses Opfer nicht bringen würde. Nun war der Zeitpunkt für eine klare Entscheidung gekommen. So machte er Maribel unmissverständlich klar, dass er der festen Überzeugung sei, sie passten einfach nicht zusammen - und bat sie, nicht weiter über eine gemeinsame Zukunft nachzudenken, sondern das Scheitern ihrer Ehe einzugestehen und gemeinsam mit ihm ohne Druck, in Ruhe und aller Freundschaft auf eine Beendigung dieser Ehe hinzuarbeiten. Er versicherte ihr, dabei stets um ihr Wohl bemüht zu sein und Schaden von ihr abzuwenden.

Maribel erkannte Armins Motivation, ihr bisheriges Verständnis wandelte sich nun zur Eifersucht. "Du hast ja nur noch Celi im Sinn und willst mich deshalb nun loswerden", warf sie ihm vor - und er konnte ihr nicht einmal widersprechen.

Fast zu Hause, fuhr Armin auf den Parkplatz eines Supermarktes. Er bat Maribel, mitzukommen, um gemeinsam die Lebensmittel für die nächsten Tage einzukaufen. Schnippisch entgegnete diese, er möge besser Celi anrufen und sie fragen, was sie sich wünsche. Als er Maribel bat, die Dinge nicht unnötig zu verkomplizieren, machte die den Vorschlag: "Dann gib mir doch einfach das Geld für meinen Sohn, und nichts ist mehr kompliziert." "Maribel, so bitte nicht", gab Armin zur Antwort - und dann verspürte er einen heftigen Schlag im Gesicht. Mit vielem hatte er mittlerweile wieder gerechnet, doch damit eigentlich nicht. 'Also hat sie es doch wieder getan' - als ihm dies bewusst wurde, erinnerte er sich auch an sein Versprechen für diesen Fall; und so schlug er mit gleicher Heftigkeit zurück. Wortlos konterte Maribel mit dem nächsten Schlag, womit auch sein zweiter Schlag ausgelöst wurde. Nach dann noch drei folgenden Wiederholungen reichte es Armin - er schrie seine Frau wütend an: "Schluss jetzt, wir sind hier nicht auf Kuba, sondern in der Zivilisation!" Maribel riss die Fahrzeugtür auf, sprang aus dem Wagen und lief über den Parkplatz. Ihre Handtasche hatte sie dabei, darin genügend Geld und ihr Handy. Sie konnte also problemlos jemanden anrufen, um sich abholen zu lassen - bis dahin shoppen oder das Kaufhaus-Restaurant aufsuchen. Armin startete den Motor, gab Gas .... - und fühlte sich unbeschreiblich erleichtert. Gerade hatte sich unverhofft sein größtes Problem gelöst.

Es war später Nachmittag, mithin früher Morgen in Mexiko. Deshalb hielt Armin auf dem nächsten Parkplatz an, um Celis Nummer zu wählen und sie über die gerade eingetretene, für sie beide glückliche Wende zu informieren.

"Du hast dich mit Maribel geprügelt?" - war Celis erste verwunderte Reaktion, um dann Armin arg zu enttäuschen mit den Worten: "Trotzdem glaube ich, dass ihr euch wieder versöhnt. Es ist halt auch für Maribel momentan nicht leicht, von dir laufend hören zu müssen, dass du eine andere Frau liebst. Ich denke, es ist das Beste, wenn wir zunächst einmal unseren Kontakt einstellen. Du wirst sehen, deine Ehe wird schon wieder in Ordnung kommen. Lass uns bitte später darüber nachdenken, ob es einen Sinn macht, den Kontakt wieder aufzunehmen, um dann künftig eine gute Freundschaft zu pflegen." Bei diesen Worten klang Celi sehr gefasst. Sie hatte sich wohl bereits an den Gedanken gewöhnt, dass es zwischen ihr und Armin keine Partnerschaft mehr geben konnte, und sich damit abgefunden. Mit "disculpa, por favor - y cuidarte" beendete sie das Gespräch - und Armin war wieder einmal total konfus und wusste nicht, was er nun tun solle. Unkomplizierte Abläufe fanden in seinem Leben einfach nicht statt.

Die Situation war ja auch tatsächlich noch nicht geklärt. Bei ihm zu Hause befanden sich noch Maribels Habseligkeiten. Und wo wollte oder sollte sie denn jetzt hin? Wen sie mit höchster Wahrscheinlichkeit anrufen und wohin sie sich zunächst einmal für heute begeben würde, war Armin sehr klar: zu einer Freundin aus der Dominikanischen Republik, die in Armins Nachbarort mit einem Deutschen verheiratet war. Die DomRep war für deutsche Männer ein sehr viel interessanterer, da billigerer und einfacherer Heiratsmarkt als Kuba.

Aber wohin wollte Maribel danach? Würde dann nicht die gleiche Situation wie vor zwei Wochen herrschen? Wenngleich auch Maribel sich gerade mal wieder Schlimmes geleistet hatte - durfte er sie jetzt einfach sich selbst überlassen? Es war ihm schnell klar, dass er das nicht würde tun können. Er wollte weiter nachdenken, diesmal aber in Ruhe zu Hause und nicht in der Kneipe - und insbesondere auch Maribel Gelegenheit geben, zur Ruhe zu kommen. Am Abend wollte er sie auf ihrem Handy anrufen.

"Warum hast du mich geschlagen?" - fauchte Maribel Armin an, nachdem der ihre Nummer gewählt und sich mit einem kurzen 'hola' gemeldet hatte. Zunächst war Armin völlig perplex, doch dann wurde ihm klar, was wohl die schlagkräftige Kubanerin zu dieser provokativen Frage veranlasst hatte: Vermutlich war sie nicht allein, sondern befand sich ihre Freundin in ihrer Nähe und hörte mit. Was sie der wohl erzählt hatte? Sicher nicht ganz die Wahrheit. Doch Armin beschloss, auf die Provokation nicht im Geringsten einzugehen, sondern bei seinem Vorhaben und seiner Linie zu bleiben mit den Worten:

"Ich denke, zu wissen, wo du im Moment bist. Dass du dort nicht dauerhaft bleiben kannst, ist mir klar - und ebenso, dass du sicher nicht zu deiner Schwester kannst und willst. Trotz allem, was vorfiel, fühle ich immer noch Verantwortung für dich. Deshalb schlage ich dir vor und biete ich dir an, dass du doch erst einmal wieder zu mir kommst und hier bleibst, bis wir gemeinsam eine vernünftige Lösung gefunden haben."

"Ich werde über deinen Vorschlag nachdenken und dir morgen Bescheid geben, wie ich mich entschieden habe" - als Armin diese ihre Antwort vernahm, hatte er endgültig genug, war das Thema 'Maribel' für ihn definitiv abgeschlossen und beendete er das Gespräch. Jetzt also würde Maribel erst einmal versuchen, irgend eine andere Lösung zu finden - um dann, wenn nichts gelänge, wieder auf ihn als letzten Notnagel zuzukommen. So also wurde seine verantwortungsvolle Haltung honoriert? Nein - ab sofort war Armin sein eigenes Hemd am nächsten und hieß sein ausschließliches Ziel 'Celi'. Maribel war soeben zur Legende geworden.

Es gab sie nun nicht mehr in seinem Leben. Er packte ihre Sachen ins Auto, fuhr zu ihrem vermuteten Aufenthalt und erkannte sie durch die Glasscheibe der Haustür nach seinem Klingeln im Hausflur. Die Tüten stellte er an der Haustür ab, bevor diese geöffnet werden konnte, um auf dem Absatz kehrt zu machen und nach Hause zu fahren. Sein Handy mit der Maribel bekannten Nummer schaltete er aus, sein Ersatzhandy an - und als er nach einigen Tagen einmal kontrollierte, gab es in seiner Mailbox keine einzige Aufzeichnung. Im Gegensatz zum ersten Mal war Maribel also klar geworden, dass sie nun gegen Celi nicht die geringste Chance mehr hätte - und so hatte wohl auch sie nun die Trennung als endgültig akzeptiert.

Tatsächlich sollte Armin mehr als zwei Jahre lang nichts mehr von ihr hören - bis sich dann ein von ihr beauftragter Anwalt bei ihm melden würde mit dem Ansinnen, doch bitte einvernehmlich auf eine alsbaldige Scheidung hinzuarbeiten. Doch bis dahin sollte noch viel geschehen. Zunächst einmal war er wenigstens ein Problem los.

¡Viva México!

Und wie sollte Armin sich nun Celi gegenüber verhalten? Zunächst einmal würde er morgen zum Reisebüro fahren, um sein Ticket nach Mexiko zu lösen - und anschließend Celi anrufen, um ihr seine Ankunft zu avisieren. Innerhalb von etwa sechs Wochen müssten ihm alle Regelungen und Vorbereitungen möglich sein, damit er sich endlich nach Mexiko begeben und Auge in Auge mit Celi alles regeln könne, was momentan vielleicht noch zwischen ihnen stünde. Er würde ein Dreimonatsticket buchen, den Rückflug jedoch bereits auf zwei Wochen terminieren. Je nach Entwicklung der Dinge und eventuellen Erfordernissen hätte er so jederzeit die Möglichkeit einer kostengünstigen Verlängerung, womit dann allen Variationen Rechnung zu tragen sei. Lange konnte Armin nicht einschlafen, weil ihm noch viel zu viele Gedanken durch den Kopf gingen. Dann jedoch hatte er eine sehr ruhige Nacht.

Am folgenden Morgen hatte Armin sein Flugticket schon früh in der Tasche. In genau sechs Wochen ging sein Flug in Frankfurt ab - via Madrid mit der IBERIA zum internationalen Flughafen Juarez in México-City. Es waren also noch etliche Stunden Zeit, bis in Mexiko seine geliebte Celi unter der Morgendusche hervor käme, um die frohe Botschaft von ihm zu vernehmen. Zwischen drei und vier Uhr am Nachmittag würde er in Mexiko anrufen, wo es dann zwischen acht und neun Uhr am Morgen wäre.

Als es endlich so weit war, klang Celi keineswegs erfreut, ihn zu hören. Armin hatte keine Gelegenheit, irgendwelche Erklärungen abzugeben oder seinen Ankunftstermin zu nennen. Gleich zu Gesprächsbeginn ließ ihn Celi wissen, dass sie sich sehr schlecht fühle und nun einfach etwas Zeit benötige - schließlich hätte man sich auf eine gewisse kontaktlose Zeit verständigt, und die habe ja gerade erst begonnen. Bevor Armin auf Celis Vorhaltungen antworten konnte, hatte sie mit dem Wort 'disculpa' den Hörer aufgelegt - wobei Armin glaubte, sie wieder weinen gehört zu haben. Deshalb hielt er es für angebracht, sie nicht weiter am Telefon zu bedrängen, sondern ihr besser einen Brief zu schreiben, um darin in aller Ruhe und sehr ausführlich alle Details verständlich zu erklären. So hätte Celi auch Gelegenheit, seine Worte mehrmals durchzulesen, um ihn vielleicht jedes Mal ein Stückchen besser zu verstehen und einzusehen, dass es jetzt ein Zurück zu Maribel einfach nicht mehr geben könne und würde. Die Zeit bis zu seiner Ankunft müsste eigentlich noch locker reichen, die Briefzustellung in Mexiko erfolgten zu lassen.

Eigentlich hatte Armin Celi bitten wollen, ihm ein günstiges Zimmer in einer Pension für die Dauer von zwei Wochen zu besorgen. Weil daraus nun nichts wurde, schickte er seiner mexikanischen Freundin Amelia, die in derselben Stadt wohnte, ein E-Mail, worin er mitteilte, mal wieder Mexiko besuchen zu wollen - und sie bat, ihm ein Zimmer zu besorgen. Amelia reagierte sofort mit einem Antwort-Mail, ein Hotelzimmer käme ja überhaupt nicht in Frage - selbstverständlich würde Armin bei ihr wohnen. Da sie sich seit Armins letztem Mexiko-Aufenthalt ein neues Haus gekauft hatte, teilte sie ihm ihre neue Anschrift mit einer detaillierten Wegebeschreibung mit, die er dem Taxifahrer weiter vermitteln könne, falls der das relativ neue Wohngebiet noch nicht kenne.

Nun begab sich Armin an die Reisevorbereitungen - und ein paar Wochen später ans Kofferpacken. Sonntags ging sein Flug in Frankfurt ab. Deshalb fuhr er am Samstag zuvor zu seiner Mutter, um am Abflugtag mit der Bahn nach Frankfurt zu reisen. Eine Reaktion auf seinen Brief hatte er von Celi noch nicht erfahren. Dies musste jedoch noch nichts heißen, weil die mexikanische Post in ihren Zustell- und Weiterleitungszeiten völlig unberechenbar ist und keineswegs sicher war, dass Celi den Brief bereits erhielt. Genauso gut konnte er aber auch bereits angekommen sein. Obwohl er völlig unsicher war, verzichtete Armin darauf, Celi vor seinem Abflug nochmals anzurufen. Nach wie vor wollte er sie nicht bedrängen - und zum Zweiten war er sich einfach nicht sicher, ob das mit Celi noch etwas werden konnte oder ob nicht seine jüngste, die vierte Heirat, das zarte Pflänzchen, welches gerade wieder neu zu sprießen beginnen wollte, unwiederbringlich zerstört hatte. Mittlerweile verstand Armin seine geliebte Celi in ihrer Haltung, ihren Problemen und all ihren Reaktionen sehr gut. Möglicherweise war es nun aber ganz einfach zu spät. Noch während er diesen Gedanken nachhing, gab's die große unerwartete Überraschung.

In den frühen Abendstunden, so etwa um die mexikanische Mittagszeit, klingelte Armins Handy - und es meldete sich: Celi! Gerade habe die Post ihr seinen Brief gebracht, den er vor über vier Wochen absandte. Ob er denn tatsächlich vorhabe, morgen nach Mexiko zu fliegen? "Ich bin auf dem Weg", antwortete Armin hocherfreut, "und halte mich gerade bei meiner Mutter auf, von wo ich morgen in aller Frühe mit der Bahn zum Flughafen fahre." "Ich hatte es gar nicht so recht glauben wollen, als ich dies vor ein paar Minuten in Deinem Brief las", gab Celi nun ebenso überrascht zur Antwort, um dann fortzufahren: "Tut mir leid, dass nun keine Vorbereitungszeit mehr bleibt. Möchtest du, dass ich dich abhole - in Mexiko am Flughafen oder hier in Querétaro am Zentralen Busbahnhof?"

Epilog

Die scheinbar positiv einsetzende Entwicklung mit Celi erwies sich als stabil. Einzelheiten sollen hier im Episodenroman um Maribel jedoch nicht weiter dargestellt werden, da sie dem großen biografischen Roman *Kurier nach Mexiko* zugeordnet und in diesem auch sehr ausführlich abgehandelt wurden. Jedenfalls verlängerte Armin sein Zweiwochen-Ticket nicht, obwohl er am Liebsten nie wieder von Celis Seite gewichen wäre. Da sich ihnen beiden eine gemeinsame Zukunft auftat, sollte nun nichts mehr riskiert und insbesondere Armins neue beruflichen Chancen nicht ungenutzt bleiben. Mit einem einzigen Besuch war ohnehin nicht alles zu regeln. Er war sich mit Celi einig, dass sie, bis sie endlich dauerhaft zusammen leben könnten, gewiss noch ein paar Jahre der geduldigen Vorbereitungen bräuchten und Armins Umzug nach Mexiko in mehreren Schritten erfolgen müsse.

Zunächst einmal wollte er wieder plangemäß nach Deutschland zurück fliegen, um dort die Chance zur Übernahme einer lukrativen Pakettour zu ergreifen, die sich ihm erst vor ein paar Tagen auftat. Wenn dieses Vorhaben klappte, wolle man in ein paar Monaten je nach Verlauf der Dinge darüber entscheiden, ob Armin über den folgenden Winter für ein paar Wochen oder Monate nach Mexiko könne oder ob man sich besser bis zum Frühjahr gedulden möge, damit Celi für ein halbes Jahr zu ihm käme. Mehr war zu diesem Zeitpunkt noch nicht konkret zu vereinbaren. Es wären bestimmt noch einige Flüge über den großen Teich erforderlich, bis Armin endgültig und dauerhaft seine Zelte in Mexiko aufschlagen könne.

Dass Armin Maribel gegenüber keine starken Gefühle entwickelt hatte, glaubte ihm Celi. Dass er sich ihr gegenüber aber dennoch etwas mies fühlte, weil ihr Ende ja alles andere als schön oder auch nur akzeptabel war, gefiel ihr. Niemals bat sie Armin, die Scheidung einzuleiten, weil dies einzig und allein seine Angelegenheit sei. Auch diesbezüglich kam auf Armin genau im richtigen Moment die optimal passende Lösung zu:

Jahre später, absolut nichts mehr hatte er bis dahin von Maribel gehört, als Armins Umsiedelung nach Mexiko endlich möglich und ganz nahe erschien, wollte er auch diesen seinen Lebensabschnitt endlich abschließen und begann er darüber nachzudenken, wie er herausfinden könne, wo sich seine Frau aktuell wohl aufhielte, damit man ihr eine Scheidungsklage zustellen könne. Just zur Zeit, als ihn diese Überlegungen umtrieben, erhielt er über sein Handy den Anruf eines Rechtsanwaltes, der von seiner Frau beauftragt sei, die Scheidungsklage einzureichen und ihn darauf hinwies, dass man keinerlei Forderungen gegen ihn zu stellen beabsichtige. "Dann ist die Scheidung im Handumdrehen über die Bühne", gab er zur Antwort, um in Ruhe den Eingang der Papiere vom Gericht abzuwarten. Eine Adressen-Recherche war nun nicht mehr nötig, mit einer raschen Abwicklung zu rechnen. In etwa drei Monaten müsse die Angelegenheit über die Bühne sein. Bis dahin wolle er noch in Deutschland bleiben - und dann endlich für immer zu seiner geliebten Celi nach Mexiko, wo sie bereits über eine eigene Wohnung, ein Auto und auch sonst alles Erforderliche verfügten und sich auch schon mehr als die Hälfte seiner Klamotten befand, womit er eigentlich sogar mit kleinem Handgepäck reisen könnte.

Ein Vierteljahr noch, dann war er nicht mehr verheiratet, hatte die Existenzvorbereitungen abgeschlossen und die Trennungszeit mit Celi beendet. Glaubte Armin. Doch zwei Wochen später erhielt er die Krebsdiagnose, wo nach vielen Jahren gerade alles geschafft und erreicht war, scheinbar.

Seinen Scheidungstermin musste Armin nach einer sehr massiven Operation arg bandagiert wahrnehmen. Maribel präsentierte sich ihm so, wie er dies immer befürchtet hatte: gute zehn Kilos schwerer, wie er schätzte. Sie lebte mittlerweile tatsächlich in Spanien, wo man ihre Sprache sprach und sie eine Haushaltsstelle inne hatte. Er umarmte sie demonstrativ, um ihr zu zeigen, dass er sie gewiss nicht hasste - und sie ließ es geschehen. Viel sprachen sie nicht miteinander, das Wenige jedoch respektvoll und anständig. So fiel es Armin nicht schwer, auch jetzt noch eine gewisse

Sympathie für seine nunmehrige Exfrau zu empfinden und ihr für ihre Zukunft von Herzen alles Gute zu wünschen. Sie war fett geworden, aber immer noch attraktiv und nett. Und sie tat ihm leid. Bei seinem baldigen zweiten Krankenhausaufenthalt anlässlich der ihm ärztlich vorbeugend empfohlenen Chemotherapie wolle er noch einmal die kurzen Momente mit Maribel vor seinem geistigen Auge Revue passieren lassen, sie möglichst gerecht analysieren und seine Erkenntnisse schriftlich festhalten. Denn wer konnte wissen, wie es mit ihm weiter- und ausginge? Maribel, die ja nun für ihn definitiv abgeschlossen war, solle kein Unrecht widerfahren - gleichgültig, wer sich je mit ihr und der kuriosen Ehe beschäftige.

Erkenntnisse eines Todeskandidaten
- oder auch:
Gerechtigkeit für Maribel
und andere Latinas!

Hatte Maribel Armin schamlos ausgenutzt, um in Deutschland zu einer Aufenthalts- und Arbeitserlaubnis zu kommen und auch an andere materielle Vorteile?

Wohl kaum. Ihre Motive waren nicht weniger lauter als die von Armin, ehrlich bemüht waren beide.

Ist sie ein Flittchen, etwa wie Latinas generell, besonders im Hinblick auf die frivolen Auftritte?

Eindeutig nein. Sie war ja zunächst in Anpassung an die hierzulande üblichen lockeren Sitten zunächst noch sehr dezent aufgetreten, um ihrem Partner zu helfen und Freude zu bereiten - und legte erst etwas zu, nachdem sie erkannte, dass der mit ihrem Verhalten mehr als einverstanden war. Dann setzte ein Selbstläufer ein, beruhend auf den Animationen und Provokationen durch andere, die sie förmlich hochschaukelten; erst danach gingen die Aktivitäten dann auch von ihr aus, weil ihr das alles Spaß machte und allen anderen ebenso. Bevor man sie moralisch herabqualifiziert, wären solche Vorwürfe bei den Personen ihrer Umgebung sehr viel eher angebracht. Latinas generell verhalten sich in erotischen und sexuellen Dingen gewiss nicht freizügiger als Europäerinnen, eher im Gegenteil. Schöne Frauen, die gern auch mal etwas mehr Haut zeigen als die Masse, finden sich fast überall auf der Welt. In Ihrem mittlerweile vermutlich wieder 'normalen' Leben, das sie mit Armin nicht hatte und haben konnte, dürfte Maribel sich wahrscheinlich sehr normal verhalten.

Ist Maribel das Scheitern der Ehe zuzuschreiben?

Auch dazu ein klares Nein. Zweifelsfrei war sie daran mit ihrem nicht immer positiven Verhalten wesentlich mit beteiligt. Ohne Armins Große Liebe im Hintergrund, die er einfach nicht verwinden konnte, hätte die Ehe vermutlich auch nach ihrem zweiten Einsatz schlagkräftiger Argumente durchaus noch eine gute

144

Chance gehabt und Armin, wenn er dies wirklich mit aller Kraft gewollt hätte, ihr dieses natürlich kaum akzeptable Verhalten auch im Laufe der Zeit abgewöhnen können. Schließlich war er in dieser Ehe ja nicht gerade der Schwächere. Wenn man jedoch nur, ob bewusst oder unbewusst, darauf wartet, bis der andere einen Fehler macht ..... Dies jedenfalls wirkte sich im Endeffekt in etwa so aus, als hätte Maribel nur nach einem Grund gesucht, sich möglichst unverfänglich von Armin zu trennen, was sie jedoch in keiner Weise tat. Schuld hatten jedenfalls beide. Sollte jedoch unbedingt einem Teil der größere Schuldanteil beigemessen werden, dann gehörte der eindeutig auf Armins Seite. Ohne auch ihn zu verurteilen; denn seine Vorsätze beim Eingang der Partnerschaft waren grundsätzlich ebenso lauter wie Maribels.

Hätte die Ehe Chancen auf einen längeren oder auch dauerhaften Bestand haben können?

Unter normalen Umständen vielleicht, unter den gegebenen Extremumständen sicher nicht. Wenn eine Partnerin immer mit einer anderen Frau und dann auch noch mit stetigem Ausgang zu Gunsten der anderen verglichen wird, kann eine solche Partnerschaf nicht funktionieren; auch Celi hätte dies nie hingenommen. Maribels frivoles Extremverhalten resultierte hauptsächlich aus Armins Versagen beziehungsweise Verweigerung; ohne dies hätte zumindest kein Anlass bestanden, das Verhalten derart zu überspitzen. Dauerhaft kann ein derart extrem freizügiges Verhalten wie Maribels einer guten Partnerschaft sicherlich nicht nutzen. Es waren die ungewollten Verhältnisse, die dieser Ehe von Beginn an kaum eine Chance gaben.

Was unterscheidet die ihm Roman beschriebene binationale Ehe von vielen anderen mit ungutem Verlauf und Ausgang?

Zunächst einmal die guten Kenntnisse des einen Partners in der Sprache des anderen, womit von Beginn an eine einwandfreie Verständigung problemlos möglich war. Daneben auch die umfangreichen Vorerfahrungen des einen Partners in partnerschaftlichen Angelegenheiten generell und besonders in Kultur und Mentalität des anderen, woraus von Beginn an eine bei solchen

Paarungen immer erforderliche hohe Toleranz, auf tiefer Einsicht beruhend, resultierte. Aus der typischen spießbürgerlich-deutschen Sichtweise ohne Kenntnis und Verständnis wäre solche Toleranz nicht möglich gewesen, allenfalls eine anfängliche Duldung, und hätte die Partnerschaft vermutlich wie in anderen Kontaktfällen auch erst gar nicht ihren Anfang genommen. Maribels entscheidendes Manko war, bis zum Schluss die Sprache ihres Partners überhaupt nicht zu beherrschen, womit sie ihn, seine Umgebung, Kultur und Mentalität nicht wirklich erfahren und verstehen konnte - obwohl sie hinreichend Zeit und Gelegenheit hatte, sich zumindest akzeptable Anfangskenntnisse anzueignen. Sprachlos auch kann man sich in einem fremden Land niemals richtig wohlfühlen, von Integration ganz zu schweigen. Ihre 'Flucht' nach Spanien lieferte einen klaren Beweis.

Ist zu Paarungen der im Roman beschriebenen Form grundsätzlich zu raten oder eher abzuraten?

Nach einhelliger Meinung Betroffener, die nicht nur ihre eigene bi-nationale Partnerschaft beurteilungsreif kennen, sondern auch die bekannter Paare, kann man grundsätzlich nur abraten. Die zu überwindenden Probleme und zu errichtenden Brücken sind so groß, dass die wenigsten dies schaffen und nach Ansicht von Insidern jede zweite dieser Ehen vor dem Scheidungsrichter endet und gewiss nicht die ganze andere Hälfte mehr oder weniger glücklich verläuft. Ein wirklich sicheres Fundament können nur profunde Gefühle wie die zwischen Celi und Armin bieten, welche auch die gemeinsame Überwindung extremer Probleme ermöglichen. Eine weniger gefühlsbetonte Verbindung hält die üblichen Probleme einer bi-nationalen Partnerschaft gewöhnlich nicht aus, weshalb meist die Frau den Mann verlässt, sobald sie dazu flügge genug geworden ist. Wobei dies aber nur selten einer Planung von Beginn an entspricht, sondern sich eher im Verlauf der Partnerschaft so ergibt.

Es wäre leicht für Armin gewesen, Maribel und ihren Schlägen die Schuld beim Scheitern der Ehe zuzuschieben - und gewöhnlich hätte man ihm damit wohl auch geglaubt. Doch tat er dies nicht, sondern wies stets auf ihre auch guten Seiten hin, bemühte sich auch nach dem endgültigen Aus, als es nicht mehr um eine eventuelle Rettung einer angeschlagenen Ehe gehen konnte, um das Erkennen eigener Fehler und Schwächen sowie um mehr Verständnis für seine Ex-Partnerin. Von Dritten oder auch seinem Inneren gefragt, ob er die mit Maribel getanen Schritte wiederholen würde, antwortete er immer mit einem eindeutigen Ja.

Ein großer emotionaler Schaden war nicht entstanden, auch nicht bei Maribel, weil sich zwar große Sympathie, aber keine tiefe Liebe zwischen ihnen entwickelt hatte. Armin hatte sein mit dieser Ehe verbundenes große Ziel, zwischen Celi und sich den unbedingt notwendigen Abstand zu bringen, klar erreicht - denn vor deren überraschender Wiedermeldung verarbeitete er die Trennungssituation stets ein Stückchen besser.

Auch Maribel wurde über die Aufenthalts- und Arbeitserlaubnis aus dieser kurzen Ehe ein hoher Nutzen zuteil. Ohne hätte sie sich nicht dauerhaft nach Spanien begeben können. Auch für sie bestand kein Grund zu einer Reaktion wie "ach hätte ich den doch nicht geheiratet." Ob sie aber hinreichend erkannte und würdigte, dass Armin hinsichtlich einer Scheidung ganz besonders auch deshalb sehr lange untätig blieb, um nicht ihre rasche Abschiebung zu riskieren, darf sicher bezweifelt werden.

Der hingegen widerspricht auch deutlich Meinungen, sein kurzes Eheabenteuer sei ein sehr kostspieliges gewesen. "Ich hatte und habe keinen Unterhalt zu zahlen, hatte keine teure Hochzeitsfeier auszurichten oder zu finanzieren und auch keine kostspielige Hochzeitsreise. Die relativ bescheidenen Aufwendungen für Maribel und die einmalige dreistellige Überweisung an ihre Familie liegen sicher deutlich unterhalb der ansonsten üblicherweise in Verbindung mit einer Hochzeit erforderlichen Finanzmittel. Das kurze Abenteuer war bei sachlicher Betrachtung kein sehr teures, letztlich aber auf jeden Fall ein erfolgreiches. Es gibt keinen Grund zur Reue - und das Schlussurteil kann daher nur lauten: *Jederzeit würde ich es wieder tun!"*

Und schließlich kann man ja auch nur feststellen: Die besonders außergewöhnlichen und mitunter sehr schönen Zeiten mit Maribel hatte er so auch noch mit keiner anderen Frau erlebt und würde er nach Lage der Dinge in dieser Form auch nie mit einer anderen Frau erleben. Sie waren als einmalig und nur durch Maribel ermöglicht anzusehen. Er hätte darauf verzichten können und es auch gern getan, sich stattdessen viel lieber von Beginn an ohne das *Abenteuer Maribel* in einer wunderbaren Partnerschaft mit Celi zusammengefunden. Doch hatte das Schicksal zunächst noch anderes mit ihm vor - und auch daraus zog er einen nicht geringen Nutzen. Es war gut so, wie alles ablief - und Maribel auf jeden Fall ein sehr nettes Kerlchen. Wie gut, dass er ihr ganz zum Schluss seinen Respekt und die freundschaftlichen Gefühle ihr gegenüber noch durch seine ehrliche Umarmung bei Gericht ausdrücken konnte. Eines jedoch tat ihm immer noch sehr weh und sollte ihn wohl auch bis ans Ende seiner Tage verfolgen:

Während einer der üblichen Streitereien hatte Maribel Armin mal bei einer Autofahrt mit einer ihr im Zorn mehr heraus gerutschten unschönen Äußerung derart provoziert, dass ihm die Worte *'mona negra'* (schwarze Äffin) entglitten. Unmittelbar danach war ihm sofort bewusst, was er da soeben von sich gegeben hatte. Fast reflexartig bremste Armin den Wagen stark ab, um rechts heran zu fahren und sich mit tiefstem Bedauern in aller Form für seine ihm selbst unglaubliche Äußerung zu entschuldigen. Maribel nahm diese ehrliche Entschuldigung an und schuf damit die Basis für eine rasche Versöhnung, konnte Armin jedoch seine bleibenden Gewissensbisse ob dieser zutiefst menschenverachtenden Äußerung nicht nehmen. War diese nicht ebenso menschenverachtend wie die ihr entglittenen Schläge? Auch wenn ihr aufgrund ihrer Herkunft und Mentalität Armins jetzige tiefe Einsicht gefehlt haben mag: Schlecht war Maribel nicht, nicht schlechter als er. Und schlecht war auch die Ehe mit ihr, in etwa so kurz wie ihr von allen so begeistert angenommenes und daher ebenfalls nicht schlechtes Miniröckchen, nicht. Nur etwas anders. Daher kann am Ende der Betrachtungen nur stehen:

Danke für alles - und alles Gute für dich -
¡Maribel de Cuba!